폭풍의 언덕

세계문학산책 13
폭풍의 언덕

지은이 에밀리 브론테
옮긴이 붉은여우
펴낸이 안용백
펴낸곳 (주)넥서스

초판 1쇄 인쇄 2013년 4월 20일
초판 1쇄 발행 2013년 4월 30일

출판신고 1992년 4월 3일 제311-2002-2호
121-840 서울시 마포구 서교동 394-2
Tel (02)330-5500 Fax (02)330-5555
ISBN 978-89-6790-130-1 04800

가격은 뒤표지에 있습니다.
잘못 만들어진 책은 구입처에서 바꾸어 드립니다.

www.nexusbook.com
지식의 숲은 (주)넥서스의 인문교양 브랜드입니다.

세계문학산책 13

에밀리 브론테

폭풍의 언덕

붉은여우 옮김   김욱동 해설

지식의숲

차 례

워더링 하이츠

1801년. 나는 번잡한 도시를 떠나 한동안 조용히 지내고 싶어 영국에서 가장 조용할 것 같은 마을에 가서 집 한 채를 빌렸다. 하인이 딸린 그 저택은 무척 조용하고 아름다워서 내 마음에 꼭 들었다.

이사하던 날, 나는 이웃이자 그 저택의 집주인인 히스클리프에게 인사 차 방문했다.

히스클리프의 집은 '워더링 하이츠(폭풍의 언덕)'라고 불리는 저택이었는데, 말을 몰고 4마일쯤 달려야 갈 수 있는 곳이었다.

워더링이란 바람이 거침없이 강하게 부는 것을 뜻하는데, 이름 그대로 이 집은 언덕 꼭대기에 자리하고 있어서 일 년 내내 거센 바람을 맞아야만 했다.

그 덕분에 이 집에 있는 나무와 꽃들이 한쪽으로 기울어져 있을 정도였다. 다행히 집은 강한 바람이 불어도 끄떡없을 만큼 튼튼했다.

히스클리프는 내가 인사를 하는데도 반가워하기는커녕, 표정에 귀찮아 하는 기색이 역력했다. 그는 이맛살을 찌푸리며 나를 빤히 바라보았다. 그런데 나는 왠지 무뚝뚝한 그에게 흥미가 생겼다.

"새로 이사 온 록우드라고 합니다. 인사드리려고 이렇게 찾아왔습니다."

그는 귀찮다는 투로 말을 가로막았다.

"아무튼 오셨으니 들어오시오."

그는 퉁명스럽게 말하면서 앞장서서 걷다가, 큰 소리로 하인을 찾았다.

"조지프, 어디 있나? 록우드 씨의 말을 갖다 매고 나서 포도주를 내오게."

조지프는 나이가 꽤 들어 보이는 하인이었다.

히스클리프를 따라 집 안으로 들어가 보니, 현관 주변에 있는 특이한 조각과 특히 '헤어튼 언쇼'라는 이름이 눈에 띄었다. 난 그것에 관해서 주인에게 간단한 내력이라도 들어 보고 싶었지만, 날 귀찮아 하는 것 같아서 꾹 참았다.

히스클리프를 따라 들어간 거실은 텅 비어 있었는데, 마치 농부에게나 어울릴 법한 분위기였다.

낮은 선반에는 술잔과 접시가 천장까지 위태롭게 쌓여 있었고, 가구들은 모두 낡은 것이었다. 그리고 커다란 벽난로 주위에는 낡은 구식 총 몇 자루와 말안장에 다는 권총이 놓여 있었다.

매끄러운 흰 돌들이 깔려 있는 바닥에서는 개 여러 마리가 돌아다니거나 어미 개의 젖을 먹고 있었고, 투박한 의자가 몇 개 놓여 있었다.

거실의 모습과 가구들은 영국의 소박한 북부 농가와 크게 다르지 않았다. 하지만 히스클리프에게는 왠지 집 분위기와 그다지 어울리지 않아 보이는 면이 많았다.

그는 무뚝뚝하고 오만하게 보이기는 했지만, 그렇다고 해서 막된 사람처럼 보이지는 않았다. 그의 옷차림이나 태도는 신사라고 하기에 손색없었고, 풍채 또한 무척 훌륭했다.

나는 난로를 가운데 두고 집주인과 마주 앉았다.

한동안 침묵이 흘렀다. 나는 어색함을 없애기 위해 어미 개를 쓰다듬어 주려고 했다. 그러자 젖을 먹이던 어미 개가 이빨을 드러내며 으르렁거리면서 덤벼들었다.

"그 개는 애완용으로 키우는 것이 아니니, 건드리지 않는 게 좋을 거요."

히스클리프는 이렇게 말하곤 조지프를 부르며 옆문으로 나가 버렸다.

나는 히스클리프가 자리를 비운 사이에 일부러 눈을 부릅뜨면서 개들을 놀리기 시작했다. 그러자 개들이 화가 났는지 대여섯 마리가 날 에워싸며 으르렁거렸다.

어미 개가 내 무릎으로 덤벼들자, 나는 탁자를 방패 삼아 어미 개를 걷어찼다. 그리고 나는 부지깽이를 휘두르며 큰 소리로 사람을 불러 도움을 청했다.

내가 지르는 소리를 들었는지, 다행히 부엌에서 한 아주머니가 프라이팬을 휘두르며 나타났다. 뚱뚱한 그 아주머니의 모습을 보는 순간, 개들은 이내 조용해졌다.

히스클리프와 늙은 하인은 이런 내 모습을 보고도 아무렇지 않은 듯이 지하실 계단을 천천히 올라왔다.

"어찌 된 일이오?"

히스클리프가 이마를 찌푸리며 물었다.

"뭐가 어찌 됐단 말이오? 처음 온 손님을 호랑이 떼 속에 내팽개쳐 둔 거랑 다를 게 뭐요?"

나는 화가 나서 씩씩거리며 말했다.

"개가 집을 지키는 건 당연한 일이잖소. 자, 록우드 씨. 기분

풀고 포도주나 한잔합시다. 우리 집을 찾아오는 손님이 없다 보니, 접대하는 일에 서투르니 이해해 주시오."

"고맙지만 사양하겠소."

"혹시 물린 데는 없소? 괜찮으면 건배합시다!"

히스클리프가 부드러운 웃음을 띠며 포도주 잔을 내밀었다.

나는 개 때문에 화를 낸다는 것이 우스워서 술잔을 받아 들며 화를 누그러뜨렸다.

잠시 뒤, 나는 빌리려고 하는 집과 땅에 대해 의논하기 시작했다.

나도 그다지 사교적인 성격은 되지 못했지만, 그래도 히스클리프에 비하면 양반이었다.

그러나 당분간은 어쩔 수 없이 이웃으로 지내야 했기 때문에, 다시 방문하겠다는 말을 남기고 그 집을 나섰다.

며칠 뒤, 나는 히스클리프의 집을 다시 찾아갔다. 문 앞에 도착하자마자 곧 눈발이 흩날리기 시작했다. 게다가 바람도 차가워 온몸이 얼어붙을 듯이 추웠다. 그런 데다 대문의 쇠사슬마저 잘 벗겨지지 않았다.

하는 수 없이 울타리를 뛰어넘고 뜰로 나가 현관문을 한참 두드렸지만 인기척이 없었다. 그 대신 사납게 짖어 대는 개들 소리만 요란했다.

"이렇게 푸대접을 하니, 찾아오는 사람이 아무도 없지. 에이, 한심한 사람들 같으니라고."

나는 화가 나서 손잡이를 마구 흔들어 댔다. 그제야 조지프가 헛간 창문으로 밖을 내다보더니, 잔뜩 찌푸린 얼굴을 내밀며 말했다.

"무슨 일이오? 주인어른은 양 우리에 있소. 볼일이 있으면 헛간을 돌아 그리 가 보세요."

"집 안에 문 열어 줄 사람이 아무도 없나?"

"부인이 있긴 하지만, 아무리 문을 흔들어 봤자 열어 주지 않을 거요."

"당신이 부인에게 가서 손님이 왔다고 얘기하면 되지 않소?"

"에이, 그건 내가 상관할 일이 아니지요. 내 일도 아닌데, 흥!"

조지프는 콧방귀를 뀌며 사라져 버렸다.

내가 다시 한 번 불러 보려고 손잡이를 잡으려던 순간이었다. 그때 한 젊은이가 웃옷도 입지 않은 채 쇠갈퀴를 어깨에 메고 뒤뜰에서 나타나더니 자기를 따라오라고 손짓을 했다. 그를 따라 세탁실과 석탄 창고, 펌프와 비둘기장 옆을 돌아 포장된 길을 걸어갔다. 한참을 걸어가니, 며칠 전에 가 봤던 그 거실이었다. 꽤 멀리 돌아온 셈이었다.

거실은 난롯불이 피워져 따뜻했다. 한쪽 식탁에는 음식이 차려져 있었고, 거기에는 '부인'이라고 하기엔 한참 어려 보이는 여인이 앉아 있었다.

부인은 매우 아름다웠다. 저렇게 우아한 부인이 이런 시골집에 살고 있다는 것이 잘 믿기지 않을 정도였다.

가볍게 인사를 한 다음 앉으라고 권하기를 기다렸으나, 부인은 내게 한마디도 건네지 않고 하던 일을 계속했다.

"날씨가 무척 사납군요."

"……"

"부인, 문을 두드려도 아무도 나오지 않아 이곳까지 오느라 고생했습니다."

부인은 아무 말 없이 나를 뚫어지게 바라보았다. 나는 무표정하게 쳐다보는 그 표정이 몹시 불쾌했다.

분위기가 어색해지자, 날 안내한 젊은이가 의자에 앉으라고 조심스럽게 권했다.

"우선 좀 앉으세요."

난 일단 권하는 대로 의자에 앉았다.

여자의 옆에서 며칠 전에 나를 골탕 먹였던 '주노'라는 암캐가 알은척을 하며 꼬리를 흔들었다.

"훌륭한 사냥개군요. 저 강아지들은 다른 사람에게 주실 건가요?"

다시 한 번 부인에게 말을 걸었다.

"제 개가 아닙니다."

부인은 마지못한 듯한 표정으로 탁자 위의 촛불을 들고 일어나, 난로 선반에서 차를 꺼내며 통명스럽게 쏘아붙였다.

"이런 날에 온 것이 잘못이지요."

어두운 곳에 있어 잘 보이지 않았던 부인의 얼굴이 촛불에 비쳐 또렷하게 드러났다.

새하얀 피부에 갸름한 얼굴, 길게 늘어뜨린 금발과 어우러진 아름다운 이목구비가 환상적으로 조화를 이루고 있었다. 그러나 맑고 깊은 눈에 왠지 싸늘한 냉소와 절망이 가득 어려 있었다.

그러는 동안 젊은이는 이쪽을 곁눈질로 살피고 있었다. 나는 그 사내가 하인인지 아닌지를 생각해 보았다. 옷차림이나 말투는 기품이 없었지만, 태도가 무척이나 거만한 것으로 보아 하인 같지는 않았다.

나는 그 젊은이에게 신경 쓰지 않는 것이 현명하다고 생각했다.

잠시 뒤, 히스클리프가 들어왔다.

"약속대로 다시 찾아왔습니다. 그런데 눈보라가 심해서 삼십 분 가량은 꼼짝을 못하겠군요."

나는 일부러 다소 과장된 목소리로 쾌활하게 말했다.

히스클리프가 옷에 묻은 하얀 눈을 털며 의자에 앉았다.

"삼십 분이라고? 일부러 이런 날 찾아온 것 같군. 이런 날씨엔 동네 사람도 길을 잃기 쉽소. 게다가 그칠 것 같지도 않고."

"댁의 젊은이 중 아무나 저를 집까지 안내해 줄 순 없을까요?"

"그건 안 되오."

"그럼 어쩔 수 없이 혼자 가야겠군요."

난 기분이 상했다.

"그러든지 말든지……."

"저분에게 차를 드려야 하나요?"

조용히 얘기를 듣고 있던 부인이 히스클리프에게 묻자, 히스클리프가 몹시 신경질적으로 대답했다.

"그걸 말이라고 해. 빨리 준비해."

나는 이 말에 깜짝 놀랐고, 더는 히스클리프를 좋은 사람이라고 생각할 수 없었다.

잠시 뒤 부인이 차를 내왔다.

나와 젊은이, 그리고 히스클리프와 부인이 식탁에 빙 둘러앉아 차를 마셨다.

차를 마시는 동안 아무도 입을 열지 않았고, 무거운 침묵만 계속되었다.

'차를 마시면서 아무 대화도 하지 않다니…….'

나는 어색한 침묵을 더 이상 참을 수 없어서 차를 다시 한 잔 따르며 입을 열었다.

"히스클리프 씨! 사람들과 떨어져 살아도 행복할 수 있다는 걸 처음 알았어요. 이렇게 평화로운 생활을 하고, 또 예쁜 부인이 계시니……."

"예쁜 부인? 내 부인이 어디 있단 말이오?"

그 순간, 나는 당황하여 재빨리 말했다.

"부인 말입니다……."

내가 얼버무리자, 히스클리프가 입가에 악마 같은 웃음을 띠며 말을 잘랐다.

"아, 죽은 내 아내가 여기 있단 말이오?"

그 순간 나는 실수했다는 것을 깨달았다. 그냥 보기에도 나이 차이가 많아 보이는데, 아무런 의심 없이 그의 부인이라고 생각하다니……. 내가 참으로 어리석었다.

히스클리프는 40대로 보였지만, 여자는 겨우 열일곱 살 정도로밖에 보이지 않았다.

"당신이 부인이라고 말한 저 애는 내 며느리요."

그때 언뜻, 그렇다면 그 옆에 있는 젊은이가 여자의 남편이 아닐까 하는 생각이 들었다.

나는 하인인지 아닌지 잘 구별이 되지 않는 젊은이에게로 눈을 돌렸다.

"그러면 저 젊은 분이 아름다운 부인의 남편이군요."

그러나 이번에도 내 추측은 빗나가고 말았다.

분위기는 점점 더 험악해졌다. 얼굴이 홍당무처럼 빨갛게 변한 젊은이가 내게 욕지거리를 하며 주먹을 불끈 쥐었다. 그러나 몇 마디 툴툴거리는 것으로 흥분을 가라앉히려고 애를 쓰는 것 같았다.

"미안하지만 또 잘못 짚었소. 저 애의 남편은 죽었소. 그러니까 내 아들이 저 애와 결혼한 거요."

히스클리프가 말했다.

"그럼 이 젊은이는?"

"물론 내 아들이 아니지요."

히스클리프는 촌스러운 젊은이의 아버지로 오해받았다는 것 자체가 몹시 자존심 상한 듯 불쾌해 하는 표정을 감추지 못했다.

"제 이름은 헤어튼 언쇼입니다."

젊은이가 아직도 화가 덜 풀린 듯 퉁명스러운 목소리로 내뱉었다. 나는 괜히 미안하고 민망해서 괜스레 어깨를 으쓱해 보였다.

젊은이는 식사 내내 나를 빤히 쳐다보았다. 나는 그 표정을 감내하는 것도 쉽지 않았고, 다시는 이곳에 오고 싶지 않았다.

식사를 마치고 나는 창가를 살폈다. 눈보라가 점점 더 거세져 하늘인지 언덕인지 구별이 되지 않을 정도로 날씨가 험악해져 있었다.

"어쩐다……. 혼자서 집에 돌아가는 것은 힘들겠군요."

내가 한숨을 쉬며 말했지만, 아무도 내 말에 대답하는 사람이 없었다.

"양들을 헛간에 몰아넣자. 우리 안에 두었다가는 밤새 눈에 파묻혀 버리겠어."

히스클리프와 헤어튼이 양들을 우리에 몰아넣기 위해 나가 버리자, 나는 점점 초조해졌다.

그때 조지프가 들어와 개밥을 주었고, 히스클리프의 며느리는 꺼낸 차 통을 다시 선반에 올려놓고 난로 앞에 섰다.

잠시 뒤, 조지프가 쉰 목소리로 말했다.

"다들 밖에서 일하는데, 당신만 가만히 서 있군. 하긴 말해 봤자 무슨 소용이 있겠어. 계속 그랬다간 네 어미처럼 지옥에나 갈 거다."

나는 그가 나에게 하는 말인 줄 알고 화가 머리끝까지 나서, 그 영감을 발로 걷어차 주려고 자리에서 일어났다.

그 순간, 히스클리프의 며느리가 대답하는 소리가 들려 발걸음을 멈췄다.

"이 노망난 영감탱이, 함부로 지껄이지 마! 악마한테 부탁해서 특별히 먼저 지옥으로 데려가라고 할 테니, 두고 봐!"

히스클리프의 며느리는 선반 위에서 검은 책 한 권을 집어 들었다.

"내 마법이 얼마나 기가 막힌지 보여 주지. 붉은 소가 죽은 것도 우연이 아니라고. 당신의 고질병인 신경통도 하느님의 뜻이 아니라, 다 내가 저주를 내려서야. 알겠어?"

"오, 하느님. 우리를 악에서 구하소서."

"천만에! 하느님은 당신한테 신경 안 써. 꺼져 버려!"

이렇게 아름다운 부인의 입에서 저런 극악한 말이 나오다니……

조지프가 히스클리프의 며느리 말에 벌벌 떨면서 달아나자, 나와 그녀만 남게 되었다.

나는 조심스럽게 그녀에게 다가가 조용히 말했다.

"부인, 실례지만 집으로 돌아갈 수 있게 길잡이가 될 표지 같은 걸 알려 줄 수 없습니까? 집으로 돌아가는 길을 몰라서요."

"왔던 길로 다시 가면 되잖아요."

그녀는 냉랭하게 대답한 뒤 촛대와 책을 탁자에 놓고 천천히 의자에 앉았다.

"당신은 내가 집에 돌아가다 눈에 파묻혀 죽어도 전혀 양심의 가책을 느끼지 않을 사람이군요. 난 다만 길을 안내해 줄 사람을 한 명 딸려 보내 주었으면 하고 부탁하는 겁니다."

"이 집에는 안내를 해 줄 만한 사람이 없어요. 히스클리프와 헤어튼, 질라, 조지프 그리고 저뿐이거든요."

"농장에서 일하는 젊은이는 없습니까?"

"없어요, 한 사람도."

"그렇다면 어쩔 수 없이 자고 갈 수밖에 없겠군요."

"그런 일이라면 집주인에게 직접 부탁해 보세요."

언제 돌아왔는지 히스클리프의 날카로운 목소리가 들려왔다.

"자고 가는 것은 당신 마음이지만, 당신이 쓸 침대나 이불은 없소. 정 자고 가려면, 헤어튼이나 조지프와 함께 자야 할 거요."

"이 방 의자에서 자도 괜찮습니다."

나는 다급해져서 재빨리 대답했다.

"그건 안 돼. 다른 사람이 내 집을 멋대로 돌아다니는 건 딱 질색이니까."

히스클리프가 매몰차게 거절하는 것이 상당히 모욕적으로 들렸다. 나는 모욕을 참는 것이 힘들어서 곧장 마당으로 뛰어나가다 헤어튼과 부딪치고 말았다.

헤어튼은 내가 안돼 보였는지 이렇게 말했다.

"저택 어귀까지 배웅해 드리지요."

헤어튼의 말에 히스클리프가 버럭 소리를 질렀다.

"흥, 지옥까지라도 바래다주시지! 그럼 말은 누가 돌보지?"

나는 인정머리라고는 털끝만큼도 없는 이곳에 더는 있기가 싫어, 조지프가 들고 있던 등불을 빼앗다시피 낚아챘다. 그러고는 등불을 내일 보내 주겠다고 말하고 문 쪽으로 향했다.

"잡아! 저 사람이 등불을 훔쳐 갔어. 자, 나샤! 울프! 어서 잡아!"

조지프가 개들에게 나를 잡으라고 소리치자, 사냥개 두 마리가 눈 깜짝할 새에 내 목을 향해 달려들었다.

나는 개들을 피하려다 넘어지고 말았고, 등불마저 꺼져 버렸다.

그래도 다행스럽게 이 집에 집주인보다 인정 많은 사람이 있었다. 하녀인 질라가 다급하게 뛰어나와 조지프에게 고래고래 소리를 질렀다.

"어머나! 헤어튼, 대체 무슨 일이에요? 가엾게도 숨도 못 쉬고 있잖아요."

질라는 내 목덜미에 얼음물을 끼얹고는 나를 부엌으로 데려갔다. 히스클리프도 본래의 무뚝뚝한 표정으로 뒤따라 들어왔다.

나는 기분이 나빴지만 기운이 다 빠져서 어쩔 수 없이 이곳에서 자야겠다고 생각했다.

"질라, 저 사람에게 브랜디라도 한잔 가져다줘요."

히스클리프는 이렇게 말하고 안방으로 들어가 버렸다.

질라는 날 위로하면서 2층 방으로 안내해 주었다.

그녀는 앞장서서 계단을 올라가며 이렇게 주의를 주었다.

"불빛이 바깥으로 새어 나가지 않게 주의하셔야 해요. 되도록 소리도 내지 말고……."

"무슨 이유라도 있나요?"

"나는 이 집에 온 지 2년밖에 되지 않아 잘 몰라요. 하지만 주인어른께서는 좀처럼 다른 사람을 집에 들이지 않거든요. 이 집에는 이상한 일이 참으로 많이 일어나곤 해요."

질라가 방에서 나간 뒤, 나는 침대를 찾으려고 방 안을 두리번거렸다. 방에는 의자 하나, 옷장 하나 그리고 옆에 네모난 구멍이 뚫려 있는 커다란 나무 궤짝이 전부였다.

자세히 살펴보니, 나무 궤짝은 별나지만 편리하게 만들어진 구식 침대였다. 궤짝 자체를 하나의 방처럼 사용할 수 있었으며, 창틀은 탁자를 대신하게 되어 있었다.

나는 촛불을 들고 궤짝 옆의 문을 밀고 안으로 들어가 다시 닫았다.

낙서투성이인 창틀 선반에 책이 몇 권 쌓여 있었는데, 크고 작은 여러 글씨체로 '캐서린 언쇼'라는 이름이 쓰여 있었다. 더러는 '캐서린 히스클리프', '캐서린 린튼'이라고 쓰여 있기도 했다.

나는 그 이름들의 철자를 되뇌다 깜빡 잠이 들고 말았다. 그러나 5분도 채 되지 않아 어둠 속에서 '캐서린'이라는 글자가 하얀 연기처럼 희미하게 떠오르는 것이었다.

나는 이 이름을 지우려고 안간힘을 썼다. 그 바람에 초가 넘어져서 낡은 책이 타 종이 타는 냄새가 방 안에 가득했다.

나는 숨이 막혀 벌떡 일어나 얼른 심지를 잘라 냈다. 그리고 그슬린 그 책을 무릎에 올려놓고 펼쳐 보았다.

곰팡이 냄새가 물씬 풍기는 그 책은 오래된 성경이었다.

첫 장에 '캐서린 언쇼의 장서'라는 서명과 함께 25년 전의 날짜가 적혀 있었다.

나는 그 책을 덮고, 다른 책들도 살펴보았다. 책들이 많이 닳은 것으로 보아 누군가가 무척 열심히 읽은 듯했다.

거의 모든 페이지의 여백에는 일기 같은 것이 쓰여 있었다. 심지어는 조지프의 얼굴 그림도 있었다.

나는 갑자기 캐서린이라는 여성에게 흥미가 생겨서 희미하게 바랜 글씨를 읽기 시작했다.

참으로 지긋지긋한 일요일이다.

이럴 때, 아버지가 살아 계신다면 얼마나 좋을까!

무섭고 잔인한 힌들리 오빠가 아버지 대신이라니 기가 막힌다.

히스클리프에 대한 오빠의 행동이 너무 지나쳐 나는 H와 반란을 일으킬 계획이다.

오늘 저녁, 그와 같이 첫발을 내디딘 셈이다.

하루 종일 무섭게 쏟아지는 폭우 때문에 우리는 교회에 갈 수 없었다.

조지프가 모두를 다락방에 모아 놓고 기도를 드렸다.

힌들리와 올케언니는 아래층에서 따뜻하게 불을 쬐는데, 히스클리프와 나는 성경책을 들고 다락방으로 올라가야 했다.

우리는 옥수수 자루 위에 한 줄로 나란히 앉아 추위에 덜덜 떨어야만 했다. 조지프가 추위를 못 견뎌서 설교를 빨리 끝내 주었으면 좋겠다고 생각했는데, 우리의 생각은 빗나갔다. 설교는 무려 세 시간이나 계속되었다.

그런데도 오빠는 우리가 아래층으로 내려오는 것을 보고 '아니, 벌써 끝났어?' 하는 표정을 지었다.

전에는 일요일 저녁에 떠들지만 않으면 놀아도 괜찮았는데, 이젠 조금만 웃어도 구석으로 쫓겨난다.

"너희는 이 집에 어른이 있다는 것도 모르냐! 내 마음에 들지 않는 놈은 누구든 가만두지 않을 테니 알아서 해!"

나는 히스클리프와 함께 조리대 밑으로 기어 들어가서 앞치마를 커튼처럼 쳐 놓고 놀았다.

그때 마구간에 갔던 조지프가 돌아와서 고래고래 소리를 질러 댔다.

"주인어른의 장례식을 막 치르고 아직 안식일도 지나지 않았는데, 장난질이나 하고 있다니! 부끄럽지도 않으냐! 자, 이것을 읽고 너희 영혼에 대해서 생각하도록 해."

나는 조지프가 우리에게 주고 간 설교집을 개집 쪽으로 던져 버렸다.

히스클리프도 자기가 갖고 있던 책을 나와 같은 곳으로 던졌다. 그러자 큰 소동이 벌어졌다.

조지프가 이를 발견하고 힌들리 오빠에게 일러바친 것이다.

오빠는 우리를 부엌 안쪽으로 내동댕이치면서 욕을 했고, 조지프는 분명히 악마가 와서 우리를 데려갈 거라고 위협하듯이 말했다.

히스클리프와 나는 한쪽 구석에 쪼그리고 앉아 악마가 오길 기다렸다.

나는 선반에서 이 책과 잉크병을 내려 불빛이 들어오도록 문을 약간 열고는 20여 분쯤 글을 쓰며 시간을 보냈다.

그러나 히스클리프는 답답하다면서 차라리 젖 짜는 일을

하는 아주머니의 옷을 빌려서 뒤집어쓰고 들판을 달리자고 했다.

무척 재미있는 생각이다. 그렇게 되면 조지프가 들어와서 보고, 자기 말처럼 우리가 정말로 악마에게 잡혀 갔다고 생각할지도 모르니까…….

비를 맞더라도 이곳보다 더 차거나 습하지는 않을 것이다.

그 책에는 캐서린의 오빠 힌들리가 히스클리프를 거지라고 부르면서 같이 앉지도 못 하게 하고 식사도 함께 하지 못하게 한 얘기, 또한 같이 놀지 못하게 한 일, 그 말을 지키지 않으면 히스클리프를 이 집에서 쫓아 버리겠다고 겁을 주었다는 내용 등과 함께 '오빠가 나를 이토록 가슴 아프게 하리라곤 꿈에도 생각하지 못했다.'라고 기록하고 있었다.

나는 계속 일기를 읽어 내려가다가 갑자기 졸음이 몰려오는 것을 느꼈다.

다시 잠을 청하려는데 눈보라가 세차게 휘몰아치는 소리가 들려왔다. 전나무 가지의 마른 열매가 바람에 흔들려 창문에 부딪히는 소리가 하도 귀에 거슬려서, 요란한 소리를 멈추게 하고 싶었다. 그래서 창문을 열려고 했지만, 창문은 열지 못하게 쇠고리로 잠겨 있었다.

나는 하는 수 없이 유리창을 주먹으로 깬 후 성가신 나뭇가지를 거머쥐려고 팔을 뻗었다. 그러나 내가 손에 쥔 것은 얼음처럼 차갑고 자그마한 손이었다.

나는 너무나 놀라, 그 손을 급히 떨쳐 버리려고 했다. 하지만 꼭 붙들고 있어 도무지 떨어지지 않았다.

"나를 들여보내 주세요. 제발 부탁이에요."

슬프게 흐느끼는 목소리와 차가운 손이 주는 느낌 때문에 난 두려움을 느꼈다.

"너, 너는 누구냐?"

손을 떼어 내려고 안간힘을 쓰며 간신히 물었다.

"캐서린 언쇼예요. 제발 들여보내 주세요."

"들어오고 싶거든, 이 손을 놓으란 말이야!"

그러자 상대방이 손의 힘을 풀었다.

나는 재빨리 손을 빼고는 책을 쌓아 창문을 막은 다음, 애써 그 소리를 외면하려고 귀를 틀어막았다.

한참 뒤에 귀에서 손을 떼었을 때도 그 슬픈 목소리는 여전히 들려오고 있었다.

"저리 가! 네가 20년 동안 애원한다 해도 너를 들어오지 못하게 하겠어."

"맞아요. 벌써 20년이에요. 20년 동안이나 이렇게 헤매고 있다고요. 제발 들여보내 주세요."

그 목소리에는 원망이 가득 담겨 있었다.

그때 쥐어뜯는 듯한 소리와 함께 쌓아 놓은 책이 와르르 무너졌다. 공포에 질린 나는 벌떡 일어나 달아나고 싶었지만, 손발이 전혀 말을 듣지 않았다.

나는 공포를 떨쳐 버리지 못하고 마구 비명을 질러 댔다.

그런데 그것이 꿈이 아니고, 내가 실제로 비명을 지른 모양이었다.

그 소리를 들었는지, 누군가가 급한 발걸음으로 오는 기척이 들렸다.

잠시 뒤, 문이 벌컥 열렸다. 히스클리프였다.

"소란을 피워 죄송합니다. 무서운 꿈을 꾸는 바람에……."

"대체 누가 이 방으로 안내했소?"

"지, 질라요. 이 방은 유령의 소굴이군요. 저는 캐서린이라는 여자 유령이 나오는 악몽을 꾸었어요."

"무슨 소리요?"

"캐서린 언쇼라는 사람이, 20년 동안이나 지상을 헤맸다고 하던데……."

히스클리프는 그 이름을 듣는 순간 몹시 흥분했다. 그는 침대로 올라가 눈발이 날아들고 있는 창문을 활짝 열어젖혔다.

"캐시, 들어와! 오, 제발 부탁이야. 한 번만. 단 한 번만!"

히스클리프는 창문을 내다보며 울부짖었다.

나는 조심스럽게 아래층으로 내려와 난롯가 소파에서 잠시 잠을 청했다.

아침 벌판은 눈으로 하얗게 덮여 있었다. 도무지 집으로 돌아갈 엄두가 나지 않았다. 하지만 이 집에 더 머물고 싶은 생각도 없었고, 날이 밝았으니 조심스럽게 가면 될 것 같아 그 집에서 나왔다.

그런데 히스클리프가 자청해서 바래다주겠다고 따라나서는 것이었다.

우리는 말 한마디도 주고받지 않았다. 헤어질 때도 고개를 끄덕이면서 인사를 나눈 것이 전부였다.

간신히 집으로 들어서자, 이미 점심때가 다 되어 있었다.

가정부와 하녀들이 무척 반기면서 나를 맞아 주었다. 폭풍의 언덕에서부터 네 시간이나 걸려 집에 온 것이었다.

저녁이 되자, 가정부 넬리가 저녁밥을 가져왔다. 넬리 딘 부인과 나는 이런저런 이야기를 나누었다.

나는 그녀와의 대화가 기분을 밝게 해 주거나 잠드는 데 도움이 되길 간절히 바라면서 이 집안의 내력을 물어보기 시작했다.

"이 집에 온 지 얼마나 되었나요?"

"18년 됐지요. 그전에는 워더링 하이츠에 있었답니다."

넬리는 서둘러서 나가더니, 바느질감을 들고 다시 들어와 의자를 바짝 당겨 앉았다. 오랜만에 말동무를 만나 무척 즐거운 모양이었다.

이 저택은 원래 린튼가의 저택이었다는 이야기와 이 집과 워더링 하이츠 사람들과의 관계에 대해 이야기해 주었다.

히스클리프에게 아들이 하나 있었다는 것과 히스클리프의 며느리가 원래는 이 집 주인의 딸이라는 것, 그리고 헤어튼 언쇼는 린튼 부인의 조카라는 것, 그리고 폭풍의 언덕에서 보았던 '언쇼'라는 가문이 워더링 하이츠의 마지막 가문이라는 것도…….

나는 잠을 청해도 잠이 오지 않을 것 같아서 두 가문에 얽힌 이야기를 계속해 달라고 부탁했다.

넬리 부인은 흔쾌히 승낙했고, 곧 이야기를 시작했다.

하느님의 선물

사실, 저는 이곳에 오기 전에 워더링 하이츠에서 살았어요. 워더링 하이츠는 원래 언쇼가의 저택이었고, 언쇼가는 명망 있는 집안이었지요.

가족은 언쇼 씨와 언쇼 부인, 그리고 두 자녀가 전부였어요. 아드님은 힌들리였고, 따님은 캐서린이었죠.

제 어머니가 힌들리의 유모였기 때문에 저는 그들과 함께 놀곤 했어요. 그땐 정말이지 행복이 넘치는 집안이었지요. 저는 가끔 심부름도 하고 건초 만드는 것을 돕곤 했어요.

그러던 어느 화창한 여름날 아침이었어요. 보리를 벨 무렵이라고 기억하는데, 주인어른인 언쇼 씨가 여행 채비를 하고 아래층으로 내려왔어요.

자신이 집을 비우는 동안에 해야 할 일을 조지프에게 지시한 다음, 우리 세 아이에게 이렇게 말했지요.

"얘들아! 오늘 리버풀에 가는데, 선물로 뭘 사다 주면 좋겠니? 갖고 싶은 것이 있으면 말들 해 보렴. 길이 머니까, 너무 큰 것이 아닌 걸로 말해 봐."

힌들리는 바이올린이 갖고 싶다고 했고, 캐서린은 아직 여섯 살인데도 말채찍이 갖고 싶다고 했어요.

제가 말을 하지 않고 어물어물하니까, 주인어른은 배와 사과를 한 아름 사다 주겠다고 저에게 약속했어요. 그러고는 힌들리와 캐서린에게 입을 맞춘 뒤 출발했지요.

주인어른이 떠나고 사흘이 지났는데, 그 시간이 무척 길게 느껴지더군요.

사흘째 되는 날, 마님은 주인어른이 그날 저녁 무렵에 돌아올 것으로 짐작하고 식사를 준비하고 기다렸어요. 그런데 주인어른은 열한 시경이 다 되어서야 돌아왔지요.

주인어른은 몹시 피곤한 듯 의자에 털썩 주저앉더니, 옆구리에 있던 외투를 펴 보이며 이렇게 말했어요.

"아이고, 피곤하다! 어찌나 혼이 났던지, 다시는 이런 여행을 안 할 거야. 여보, 이것 좀 봐요. 하느님께서 내려 주신 선물이라는 생각이 들어. 악마의 자식처럼 새까만 얼굴을 하고 있긴 하지만······."

우리는 주인어른 주위로 모여들어 외투 속을 들여다보았어요. 그 속엔 놀랍게도 얼굴이 까맣고 누더기를 걸친 아이 하나가 있었어요.

캐서린보다 나이가 많아 보였는데, 아이는 두리번거리며 알아듣지 못할 말을 중얼거렸어요. 그 모습을 보는 순간 덜컥 겁이 나더군요.

"이런 아이를 왜 데리고 오신 거예요? 우리는 두 아이만 있어도 충분하다고요!"

"길에 버려져 죽어 가는 아이를 가엾어서 그냥 모른 체할 수 없었소."

마님이 그 아이를 왜 데려왔느냐고 화를 내자, 주인어른은 불쌍해서 그냥 지나칠 수가 없었다고 말했고, 그 아이를 깨끗이 씻겨 아이들과 함께 재우라고 분부했어요.

마님은 주인어른의 말을 거역할 수가 없어서 마지못해 그 아이를 받아들였죠.

한바탕 소란이 가라앉자, 힌들리와 캐서린은 아버지가 사 왔을 선물이 궁금했는지 아버지의 호주머니를 뒤졌어요.

하지만 그 아이를 껴안고 오느라 바이올린이 못 쓰게 되어 버

린 것을 알고, 힌들리는 열네 살이나 먹었는데도 엉엉 소리를 내어 울었어요. 또한 캐서린은 그 아이에게 정신이 팔려 말채찍을 잃어버렸다는 말을 듣자마자, 그 아이 얼굴에 냅다 침을 뱉어 버렸지요.

그 일로 두 아이는 주인어른에게 엄청나게 혼이 났어요. 매까지 맞았다니까요. 그럼에도 힌들리와 캐서린은 그 아이와 같이 자는 것을 질색했어요. 물론 저도 철이 없었던 때라 그 아이를 그냥 마루에 내버려 두었지요.

그런데 그 아이가 주인어른의 방 앞에까지 간 모양이었어요. 주인어른이 방에서 나오다가 마루에 버려진 그 아이를 보곤, 인정머리가 없다면서 저를 쫓아낼 정도로 화를 냈어요.

며칠 뒤 다시 저택으로 돌아와 보니 그 아이는 '워더링 하이츠'의 가족이 되어 있었고, '히스클리프'라는 이름으로 불리고 있었어요. 그 이름은 아기일 때 세상을 떠난 큰아드님의 이름이라고 하더군요. 이때부터 '히스클리프'는 그 아이의 이름인 동시에 성으로 통하게 되었지요.

그런데 신기하게도 캐서린은 이내 친오빠인 힌들리보다도 그 아이를 더 잘 따랐고 금세 친해졌어요. 하지만 힌들리와 마님은 히스클리프를 몹시 싫어했어요. 저도 실은 히스클리프를 싫어해서 틈만 나면 놀리거나 괴롭히곤 했었지요.

힌들리가 히스클리프를 싫어한 데는 나름대로 이유가 있었어요. 주인어른이 친자식인 자기보다 히스클리프를 더 귀여워했기 때문이지요.

2년 뒤, 언쇼 부인이 죽자 힌들리는 더욱더 그를 싫어하게 되었어요. 히스클리프는 주인어른이 자기를 감싸고돈다는 것을 잘 알고 있어서 그것을 적절히 이용하곤 했으니까요.

얼마 뒤 세 아이가 함께 홍역에 걸렸는데, 그때 제 마음이 조금 변하게 되었어요.

저는 아이들을 간호했는데, 셋 중에서 히스클리프가 가장 위독했어요. 그때 히스클리프는 저에게 자기 옆에 있어 달라고 부탁하더군요. 할 수 없이 옆에서 돌봐 주었는데, 그때 가까이서 본 히스클리프는 여태까지 생각했던 것과는 달리 어린 양처럼 순한 아이였어요.

다행히 히스클리프는 병을 이겨 냈어요. 의사가 제 간호 덕분이라고 칭찬해 주었지요. 히스클리프 덕분에 칭찬까지 받게 되니, 앞으로는 좀 더 다정하게 대해 주어야겠다는 생각이 들었어요. 그러한 저의 변화는 저를 철석같이 믿고 있던 힌들리에게는 언짢은 일이 되었지요.

그런데 히스클리프는 주인어른에게 사랑을 받으면서도 고마워하는 기색 같은 것을 전혀 보이지 않았어요. 고마워하지 않는

다기보다는 사랑 자체를 느끼지 못하거나, 사랑을 느낀다고 해도 그것을 표현하는 방법을 모르는 것 같았어요.

히스클리프는 주인어른의 말은 거의 듣지 않았지만, 이상하게도 캐서린의 말은 무엇이든 잘 듣곤 했어요.

그러다가 주인어른의 건강이 급속도로 나빠졌어요. 난로 옆에 가만히 앉아 있는 날이 많아졌고, 곧잘 짜증을 부리곤 했지요. 특히 힌들리가 히스클리프를 괴롭히기라도 하면, 힌들리를 때리려고 지팡이를 휘두르기도 했다니까요.

그러던 중에 아이들에게 공부를 가르쳐 주던 부목사님이 힌들리를 대학에 보내야 하지 않겠느냐고 주인어른에게 권했어요.

"힌들리같이 못난 놈을 대학에 보낼 필요가 있을까요? 그놈은 사람 구실 하기는 틀렸어요."

그러나 주인어른은 집안의 평화를 위해서 힌들리를 대학에 보내기로 결심했어요.

힌들리가 대학에 입학하여 기숙사로 간 뒤, 캐서린은 버릇이 점점 나빠졌어요.

조지프가 주인어른에게 캐서린의 험담을 늘어놓으며 투덜거리자, 그 말을 들은 주인어른이 캐서린을 불러 화를 냈지요. 그러면 캐서린은 재미가 나서 더 화를 돋우곤 했어요.

힌들리가 대학에 간 지 3년이 지난 어느 날 저녁이었어요. 캐서린은 감기 기운이 있다면서 주인어른의 무릎에 얌전히 기대 앉아 있었고, 히스클리프는 캐서린의 무릎을 베고 방바닥에 누워 있었어요.

주인어른은 안락의자에 몸을 파묻은 채 졸고 있다가, 캐서린의 머리를 쓰다듬으며 물었어요.

"캐시야, 너는 왜 항상 그렇게 조신하게 행동하지 못하는 거니?"

"아버지, 아버지는 왜 항상 무섭게 야단만 치세요?"

그렇게 말하면서 캐서린은 주인어른의 손에 입을 맞췄어요. 그러고는 낮은 목소리로 자장가를 불러 주었지요.

그런데 갑자기 캐서린이 잡고 있던 주인어른의 손이 툭 떨어지더니, 머리가 가슴께로 수그러지는 것이었어요.

저는 그 모습을 보고 캐서린에게 속삭이듯 말했지요.

"조용히 하셔요. 잠드신 것 같아요."

우리는 소리를 죽인 채 반 시간 정도를 그렇게 있었어요.

그때 성경을 읽고 있던 조지프가 책을 덮으며 주인어른의 어깨를 가볍게 흔들더군요.

그런데 주인어른이 꼼짝을 하지 않는 것이었어요. 조지프가 깜짝 놀라며 탁자 위에 놓여 있던 촛불을 들고 주인어른의 얼굴을 살펴보았어요.

저는 뭔가 좋지 않은 일이 일어났음을 깨닫고 황급히 캐서린과 히스클리프의 손을 끌면서 작은 소리로 말했어요.

"어서 2층으로 올라가세요. 오늘 밤엔 둘이서만 기도를 하고 주무시도록 하세요."

"싫어. 난 아버지께 인사드리고 잘 거야."

누가 말릴 새도 없이 주인어른의 목을 껴안던 캐서린이 곧 자지러질 듯이 놀라며 소리를 질렀어요.

"어? 아버지가 이상해. 히스클리프, 아버지가 숨을 쉬지 않아!"

히스클리프도 가까이 다가와서 캐서린과 함께 주인어른을 껴안으며 울음을 터뜨렸어요.

저는 조지프가 시키는 대로 서둘러서 의사 선생님과 목사님을 부르러 갔어요. 목사님은 다음 날 아침에 오겠다고 말했고, 의사 선생님은 바로 저와 함께 왔어요.

조지프가 의사에게 상황을 설명하는 동안, 저는 곧장 두 아이가 있는 방으로 달려갔어요. 다행스럽게도 캐서린과 히스클리프는 주인어른의 죽음을 슬퍼하면서도 침착하게 서로를 위로하고 있더군요.

저는 흐느껴 울면서도 두 아이가 하는 말에 귀를 기울였는데, 캐서린이 히스클리프를 많이 좋아한다는 것을 알 수 있었어요.

대학에 다니고 있던 힌들리가 장례식에 참석하려고 돌아왔어요. 그런데 부인을 데리고 와서 모두를 깜짝 놀라게 했지요.

게다가 부인의 고향이나 출신에 대해서는 한마디도 하지 않아서, 우리는 아마도 가난한 집안의 딸이거나 보잘것없는 가문 출신일 거라고 추측했지요. 그래서 주인어른에게도 알리지 않았을 거라고요.

좀 야윈 편인 힌들리 부인은 성격이 쾌활했는데, 계단을 오를 때 숨을 가쁘게 내쉬곤 했어요. 작은 소리에도 깜짝깜짝 놀랐고, 가끔은 기침을 심하게 하더군요.

성격이 그다지 좋지 않은 힌들리였지만 자기 부인에게는 끔찍할 정도로 잘했고, 원하는 것은 뭐든지 들어주더라고요.

힌들리는 부인이 히스클리프를 싫어하자, 곧 가족들 틈에서 내쫓고 하인들과 같이 고된 일을 하게 했어요. 캐서린은 처음에는 힌들리 부인과 잘 지냈지만, 힌들리 부인이 히스클리프를 미워하고 학대하자 점점 싫어하더군요.

배우던 공부도 중단한 채 밖에 나가 일을 해야만 했던 히스클리프는 처음에는 잘 참았어요. 캐서린이 자기가 배운 것을 가르쳐 주고, 밭에서 같이 일하면서 놀아 주기도 했으니까요.

두 아이는 교회에도 가지 않았고, 아침 일찍부터 들판으로 뛰어나가 온종일 밖에서 놀곤 했어요. 날이 갈수록 아이들은 거칠게 변해 갔지요. 그런데도 힌들리는 자기 눈에만 띄지 않으면 상관하지 않았어요.

그러던 어느 일요일 저녁이었어요. 히스클리프는 거실에서 떠들었단 이유로 밖으로 쫓겨났어요. 그러자 캐서린도 따라서 나갔는데, 저녁 시간이 될 때까지 돌아오지 않는 것이었어요. 집 안 여기저기를 샅샅이 찾아봐도 두 사람의 모습은 어디에서도 보이지 않았지요.

화가 난 힌들리는 현관문을 잠가 버렸어요. 그러고는 두 아이를 집에 들여놓아선 안 된다고 모두에게 엄포를 놓았지요.

사람들은 모두 잠이 들었지만, 저는 두 사람이 걱정되어 안절부절못하면서 기다렸어요.

얼마 뒤 발소리가 들리기에 저는 황급히 뛰어나갔어요. 하지만 희미한 불빛 아래 서 있는 것은 히스클리프 혼자뿐이었어요. 가슴이 철렁 내려앉았지요.

"캐서린 아가씨는? 무슨 일이 있는 건 아니지?"

저는 다급하게 물었어요.

"드러시크로스 저택에 있어. 그런데 그 집 사람들은 예의가 없어. 나보고는 자고 가라는 말을 하지 않았어."

"아니, 거긴 왜 갔어? 정말로 쫓겨나야 정신을 차릴 거야?"

"넬리, 젖은 옷이나 벗겨 줘. 그러면 전부 얘기해 줄게."

히스클리프는 방에 들어와 옷을 갈아입으면서 말했어요.

"우리는 마음껏 돌아다닐 작정으로 마구 달렸어. 한참을 가다 보니 다른 저택의 불빛이 보이는 거야. 우리는 울타리 너머로 그 저택 안을 살폈어. 그 집에서도 일요일 밤에 아이들이 벌을 받느라 쫓겨나는지 궁금했거든."

그래서 제가 말했지요.

"그 댁 자제분들은 착하시기 때문에 벌을 받거나 매를 맞으시는 일은 없을 거야."

"넬리, 우리는 그 저택까지 단숨에 뛰어갔어. 그런데 도중에 캐시의 신발이 벗겨져 늪에 빠지고 말았어. 내일 늪에 가서 캐시의 신발을 찾아와야 할 거야. 우리는 울타리 구멍으로 기어들어가서 길을 따라 올라갔지. 그 집은 덧문도 닫지 않았고 커튼도 완전히 치지 않았더라고. 받침대 위에 올라서서 창틀에 매달려 안을 들여다보았는데, 진짜 아름다웠어. 빨간 융단이 깔린 바닥과 금테가 둘러 쳐져 있는 흰 천장, 은빛 쇠사슬에 매달린 촛대와 평화롭게 빛을 발하는 작은 촛불……. 그 댁의 어른들은 없었고, 에드거가 누이동생과 둘이서 그 방을 전부 차지하고 있었어. 정말 행복한 아이들이지?

그런데 넬리가 착하다고 한 그 아이들이 어떤 짓을 하고 있었는지 알아? 캐시보다 한 살 아래인 이사벨라는 방 한쪽 구석에서 소리를 지르며 울고 있었어. 에드거는 난롯가에 서서 훌쩍거리고 있었고 말이야. 탁자 위에 강아지 한 마리가 낑낑거리고 있었는데, 아마도 그 녀석을 서로 갖겠다고 하다가 나중에는 서로 갖지 않겠다며 다툰 것 같았어. 못난 것들! 우리는 그 유치한 짓을 비웃으며 경멸했지. 캐시가 갖겠다는 것을 내가 달라고 한 적 있어? 우리 둘이 방 양쪽 끝에 갈라져서 고함을 치거나 울고불고 하며 떼쓰는 것을 본 적이 있느냐고? 나는 무슨 일이 있어도 이 집에서의 생활을 드러시크로스 저택의 에드거 린튼네 생활과는 바꾸지 않을 거야. 조지프 영감을 지붕 맨 꼭대기 창문으로 내던지고, 이 집 현관문을 힌들리 녀석의 피로 물들일 수 있는 특권을 준다고 해도 말이야."

제가 중간에 히스클리프의 말을 중단시켰어요.

"히스클리프, 너는 아직 캐시 아가씨가 왜 오시지 않았는지 말하지 않았어."

"우리가 웃었다고 했지? 그 아이들이 웃음소리를 듣고서 문께로 뛰어왔어. 그래서 우리는 두 아이를 놀래 주려고 이상한 목소리를 내면서 창문을 마구 흔들었지. 그러자 아이들이 소리를 질러 대는 거야. 그리고 문고리를 벗기는 소리가 들렸어. 나는 들키면 안 된다는 생각에 캐시의 손을 잡고 급히 도망쳤지. 그런데 갑자기 캐시가 넘어졌어. 알고 봤더니 불도그가 캐시를 물어 버린 거였어. 불도그가 캐시의 발목을 꽉 물고 있었는데도 캐시는 비명조차 지르지 않았어. 그때 그 집 사람들이 나왔고, 하인이 조그만 여자아이가 불도그에게 물린 것을 알고 캐시에게서 불도그를 떼어 냈어.

린튼 씨가 무슨 일이냐고 묻자, 하인이 '조그만 계집애랑 악당같이 생긴 사내 녀석입니다.'라고 대답했어. 린튼 씨가 나와 캐시를 찬찬히 보더니 '언쇼 댁 아가씨야.'라며 부인에게 작은 소리로 속삭였어. 그러자 린튼 부인이 나를 흘끔 쳐다보더니 '오빠란 사람이 무심도 하지! 누이동생을 주워 온 아이랑 어울리게 하다니!'라고 하면서 '여보, 우리 아이들이 배울까 겁나요.'라고 하는 것이었어. 나는 화가 나서 욕을 퍼붓기 시작했지. 그랬더니 자기들 때문에 캐시가 다쳤으니 치료를 해 주겠다면서 캐시를 데려갔고, 난 주워 온 아이라고 집에 들여보내 주지도 않았어. 난 창으로 안을 들여다봤지. 만약 캐시가 집으로 돌아가고 싶어 하는데 그놈들이 보내 주지 않는 거라면 유리창을 부숴 버릴 작정이었지. 그런데 캐시는 긴 의자에 얌전히 앉아 있었고, 그 집 사람들은 더운물을 떠다가 캐시의 발을 씻기고 더러워진 캐시의 머리를 빗긴 다음 난롯가로 데리고 갔어. 캐시의 아름다움에 반했는지, 그 집 사람들 모두가 눈을 반짝이면서 정말로 다정하게 대해 주더라고……. 캐시도 기분이 좋은 것 같왔어. 금세 아이들과도 잘 어울렸어. 그래서 나만 돌아온 거야."

"이번 일은 네가 생각하는 것보다 훨씬 문제가 커질지도 몰라."

히스클리프의 얘기를 듣고 제가 그렇게 말했는데, 그 말은 곧 사실이 되고 말았어요.

다음 날 린튼 씨가 직접 찾아와서 개에게 물린 캐서린의 상처에 대해 사과한 뒤, 힌들리에게 저 둘을 그대로 놔두면 안 된다고 설교를 한 거예요.

히스클리프는 그 일로 힌들리에게 매를 맞지는 않았는데, 앞으로는 캐서린과 한마디도 하지 말라는 엄명을 받았죠. 만약 그 말을 어기면 당장 내쫓아 버리겠다는 경고와 함께…….

힌들리 부인도 캐시 아가씨가 돌아오면 힘으로는 캐시 아가씨를 당해 낼 수 없으니까, 꾀를 내서라도 제멋대로 행동하지 못하도록 감독을 잘하겠다고 말했어요.

린튼가 아이들

캐서린은 드러시크로스 저택에 5주 동안이나 머물러 있었어요.

그런데 그동안 발목의 상처도 말끔히 나았을 뿐만 아니라 매우 얌전해져서 돌아왔지 뭐예요.

캐서린은 까맣고 예쁜 망아지에서 내렸는데, 깃털이 달린 수달피 모자 밑으로 갈색 고수머리를 늘어뜨리고, 치렁거리는 멋진 승마복을 입고 있었어요. 천방지축 말괄량이가 집으로 들어설 때는 두 손으로 옷을 살짝 들어 올리며 조심스럽게 발걸음을 옮길 정도로 기품 있는 아가씨로 변했더라고요.

힌들리는 그런 캐서린을 보고 몹시 기뻐했지요.

"캐시, 못 알아볼 정도로 예뻐졌는데! 이젠 제법 숙녀티가 나는걸? 이사벨라 린튼 따위와는 비교도 안 돼. 그렇지, 여보?"

"정말이에요. 하지만 다시 말괄량이가 되지 않도록 조심해야지요. 넬리, 캐시 아가씨가 옷 벗는 것을 도와줘요. 잠깐! 아가씨 머리가 망가지겠어요. 모자 끈은 내가 풀어 줄게요."

승마복을 벗자, 체크무늬로 된 멋진 비단 윗옷과 하얀 바지, 반들반들한 구두가 드러났어요. 개들이 반가워서 뛰어나오자, 캐서린은 기쁜 듯 눈을 반짝거리면서도 옷이 더러워질까 봐 그랬는지 쓰다듬어 주지는 않았어요.

캐서린이 저에게도 살며시 키스를 했지만, 저는 크리스마스 케이크를 만드느라 온통 밀가루투성이여서 껴안을 수가 없었지요.

그러고 나서 캐서린은 주위를 살폈는데 눈으로 히스클리프를 찾는 것 같았어요. 하지만 히스클리프는 긴 의자 뒤에 숨어 있었어요.

히스클리프는 캐서린이 없는 동안 더욱 거칠어졌지만, 아무도 그에게 관심을 갖지 않았어요. 저 말고는 씻으라고 말해 주는 사람도 없었으니까요. 옷은 온통 흙투성이였고, 머리카락은 물론 얼굴과 손발에 까맣게 때가 끼어 있었지요.

그런데 캐서린이 예쁜 숙녀가 되어 돌아왔으니, 숨는 것이 당연한 일인지도 모른다는 생각이 들더군요.

"히스클리프는 집에 없나요?"

캐서린이 장갑을 벗으며 물었어요.

힌들리는 히스클리프가 난처해 하는 꼴이 재미있을 거라고 생각했는지, 기분 좋은 목소리로 말했어요.

"히스클리프, 나와도 좋아. 너도 캐서린 아가씨에게 인사드려야지."

의자 뒤에 숨어 있던 히스클리프가 슬며시 머리를 들자, 그 모습을 발견한 캐서린이 쏜살같이 달려갔어요. 그러고는 그의 뺨에 여러 번 입을 맞추었지요.

그러다가 키스를 멈추고서 한 걸음 물러서더니 대뜸 웃음을 터트리며 말했어요.

"어머, 대체 이 꼴이 뭐야? 그리고 표정은 왜 그래? 린튼가 아이들이 눈에 익어서 이렇게 느껴지는 건가? 히스클리프, 설마 나를 잊은 건 아니겠지?"

자존심을 다치고 수치심 때문에 어쩔 줄 몰라 하던 히스클리프는 험하게 얼굴을 일그러뜨린 채 꼿꼿하게 서 있었어요.

그러자 힌들리가 마치 큰 친절이라도 베푼다는 듯이 말했어요.

"히스클리프, 악수 정도는 해도 괜찮아. 그 정도는 가끔 허락하지."

"싫어! 놀림감이 되는 건 못 참아!"

이렇게 소리치며 히스클리프가 밖으로 뛰어나가려고 했지만, 캐서린이 얼른 붙잡았어요.

"널 놀리려고 웃은 게 아니었어. 다만 웃음을 참을 수 없었을 뿐이야. 세수하고 머리를 빗으면 훤해질 텐데, 뭘 그래. 그래도 히스클리프, 악수쯤은 해야지."

그러면서 캐서린은 마주 잡은 히스클리프의 더러운 손과 자기의 옷을 번갈아 보았어요. 혹시 입고 있는 옷이 더러워지지 않을까 하고 걱정하는 얼굴이었지요.

히스클리프는 캐서린의 그런 생각을 알아차렸는지, 손을 뿌리치며 말했어요.

"됐어. 난 내 맘대로 이렇게 살면서 더럽게 하고 다닐 거야. 난 더러운 게 좋거든."

히스클리프는 그렇게 말한 다음 밖으로 뛰쳐나가 버렸어요.

저는 캐서린의 시중을 끝낸 뒤 케이크를 만들고 있었는데, 힌들리 부부는 린튼가의 아이들에게 선물하려고 미리 사다 놓았던 장난감들을 펼쳐 놓으면서 캐서린의 환심을 사기 위해 이런저런 얘기를 하더군요.

하지만 캐서린은 몹시 난처하고 걱정스런 얼굴이었어요. 히스클리프가 왜 그렇게 화를 내는지 도무지 알 수가 없기 때문이었겠지요.

힌들리 부부는 크리스마스 아침을 같이 보내자면서 린튼가 자제분들을 초대했어요. 린튼 부인은 자기네 아이들과 그 '입버릇 나쁜 망나니'를 절대 어울리지 않게 하겠다는 조건을 걸고 그 초대에 응했고요. 린튼가 자제분들은 얌전하고 기품 넘치는 아이들이었으니까요.

저는 음식이 익을 때 풍기는 구수한 냄새를 맡으면서 반짝거리는 부엌세간과 쟁반 위에 가지런히 준비해 둔 은잔을 흐뭇하게 바라보다가, 잠시 옛 생각에 잠겼답니다. 집 안을 깨끗하게 정돈하면 생전의 주인어른은 저를 칭찬하시면서 1실링짜리 은화를 손에 쥐어 주곤 하셨거든요.

특히 주인어른이 히스클리프를 사랑하던 일이며, 당신이 세상을 떠나고 나면 그 아이가 푸대접을 받지 않을까 하고 걱정하던 일이 떠올라 갑자기 울고 싶어지더군요. 하지만 그의 불쌍한 처지에 눈물을 흘리기보다는 그가 조금이라도 푸대접을 덜 받게 도와주는 것이 더 현명하다는 생각이 들었어요.

그래서 저는 히스클리프를 찾으러 뜰로 나갔지요. 그는 평소와 다름없이 어린 망아지의 매끄러운 털을 쓸어 주고 나서 다른 말들에게 먹이를 주고 있었어요.

"히스클리프, 어서 서둘러. 캐시 아가씨가 나오시기 전에 말쑥하게 옷을 입혀 줄게. 그러면 둘이 난로 앞에 앉아서 잠들기 전까지 이야기해도 될 거야."

그러나 그가 아무런 반응을 보이지 않아, 저는 그냥 안으로 들어왔지요.

캐서린이 힌들리 부부와 방에서 저녁 식사를 하는 동안 저는 조지프와 부엌에서 식사를 했는데, 조지프가 쉬지 않고 투덜거려서 얼마나 지겨웠는지 몰라요. 히스클리프는 밥 먹을 생각도 하지 않고 아홉 시까지 계속 일만 하더니, 힘없이 자기 방으로 들어가더군요.

캐서린은 집에 초대한 친구들을 맞을 준비를 하다가 갑자기 히스클리프가 생각났는지 부엌에 들렀어요. 그러나 그가 보이지 않자 무슨 일이냐고 묻고는 곧바로 자기 방으로 들어갔어요.

다음 날 아침, 히스클리프는 일찍 일어났어요. 그날은 일요일이었는데, 그는 잔뜩 풀이 죽어서 들판 쪽으로 나갔지요. 그러다가 식구들이 교회에 갈 때가 되어서야 나타났어요. 그는 기분이 좀 나아졌는지, 한참 동안 저를 따라다니다가 불쑥 이렇게 말했어요.

"넬리, 나 좀 깨끗하게 단장해 줘. 나도 이제부터는 착해지고 싶어."

"잘 생각했어. 아가씨는 너 때문에 슬퍼하고 계셔. 어쩌면 집에 돌아오지 말 걸 그랬다고 후회하고 계실지도 몰라."

"캐시가 슬프다고 했어?"

히스클리프는 매우 심각한 표정으로 물었어요.

"오늘 아침에도 네가 벌써 집에서 나갔다고 하니까 훌쩍이시던걸."

"나도 어젯밤에 울었어. 울 사람은 캐시가 아니라 나야."

"저런! 내가 너를 에드거보다 더 멋지게 꾸며 줄게. 대신에 먼저 아가씨한테 키스하고 말을 걸어야 해. 무슨 말을 해야 하는지는 알고 있지? 진심으로 말해야 해. 알았지?"

그 순간 히스클리프의 표정이 밝아지는가 싶었는데, 다시 어두운 얼굴을 하며 고개를 떨구었어요.

"나도 그 녀석처럼 금발에다 살결도 희고, 옷도 잘 입고 행실도 점잖으면 좋겠어. 그리고 그만큼 부자면 더 좋겠고……."

"히스클리프, 마음이 아주 약해졌구나. 그런 겉모습은 중요한 게 아니야. 히스클리프, 마음을 밝게 가지면 얼굴도 밝아져. 그러니까 사람들을 원망하는 사나운 표정을 짓지 말고, 천사 같은 표정을 짓도록 애써 봐."

"그러니까 에드거 린튼처럼 크고 푸른 눈과 넓은 이마를 가지기 위해 애쓰라는 말인데, 노력을 해도 그게 생각처럼 쉽지 않단 말이야."

저는 비누 거품을 내어 얼굴을 씻겨 주고 머리도 감겨 주었어요. 그리고 깨끗한 옷으로 갈아입힌 뒤 빗질을 단정하게 해 주고 나서 말했지요.

"어때? 네가 봐도 멋지지 않니? 마치 변장한 왕자님 같네. 아버지는 중국의 황제였고 어머니는 인도의 여왕님, 그리고 두 분은 워더링 하이츠와 드러시크로스 저택을 전부 살 수 있을 만큼 부자였는지 누가 알아? 너는 못된 뱃사람들에게 유괴당해서 영국으로 끌려왔는지도 몰라. 내가 만약 너의 처지라면, 내 태생이 귀하다고 여길 거야. 그리고 그런 내 신분을 생각하며 하찮은 농부의 천대쯤은 능히 참아 낼 용기와 위엄을 가질 거야. 어때, 용기가 나지?"

제가 이런저런 수다를 떠는 동안, 히스클리프는 찡그린 얼굴을 펴고 매우 즐거운 표정이 되었답니다.

그때 마차 소리가 들려와 우리의 대화는 중단되었어요. 히스클리프는 창가로 달려갔고, 저는 문 쪽으로 뛰어갔지요.

린튼가 남매가 외투와 모피에 파묻혀서 마차에서 내렸고, 언쇼가의 남매도 각각 말에서 내리고 있었어요.

캐서린은 린튼 남매의 손을 하나씩 잡고 집 안으로 들어와 따뜻한 벽난로 앞으로 안내했어요.

저는 히스클리프에게 상냥한 표정을 짓고 나가서 인사를 하라고 재촉했지요.

그런데 공교롭게도 그가 부엌 쪽에서 문을 열었을 때 반대쪽에서 힌들리가 문을 여는 바람에 두 사람이 맞닥뜨리고 말았어요.

히스클리프의 단정하고 유쾌한 얼굴을 보고 화가 났는지 아니면 린튼 부인과의 약속을 지키기 위해서였는지 모르지만, 힌들리는 그를 홱 밀어젖히면서 조지프에게 소리쳤어요.

"조지프! 이 녀석을 거실에 들어오지 못하게 해. 식사가 끝날 때까지 다락방에 가둬 둬."

"안 돼요, 주인어른!"

저는 끼어들지 않을 수 없었어요.

"그 아이도 우리와 마찬가지로 맛있는 음식을 먹게 해야 해요."

"흥, 꺼져 버려! 이 거지 새끼야! 너 같은 것이 멋은 부려 뭘 해. 그 멋있는 고수머리를 잡아당겨 볼까? 얼마나 길게 늘어지나 보게."

"잡아당기지 않아도 긴데요, 뭐."

그 모습을 지켜보던 에드거가 힌들리의 말을 거들었어요. 그런데 성격 급한 히스클리프가 참을 수 없었던지 손에 잡히는 대로 사과 소스가 담긴 그릇을 들어서 에드거에게 냅다 던져 버리고 말았어요.

에드거가 요란하게 비명을 지르자, 이 소리에 놀라서 캐서린과 이사벨라가 급히 뛰어나왔어요.

저는 에드거가 쓸데없는 참견을 했기 때문이라는 생각이 들어, 에드거의 코와 입을 다소 신경질적으로 닦아 주었지요.

"그 애한테 말을 걸지 말았어야 했어! 크리스마스도 엉망이 되어 버렸고, 히스클리프는 매를 맞게 될 거야. 나는 그 애가 매 맞는 것이 싫어. 즐겁게 식사하기는 틀린 것 같아."

캐서린이 에드거에게 말했어요.

"말을 시킨 게 아냐."

에드거는 흐느끼면서 제 손을 뿌리쳤고 자기 손수건을 꺼내 남은 사과 소스를 닦더군요.

"그 녀석하고는 한마디도 하지 않겠다고 어머니와 약속했기 때문에 난 말을 시키지 않았단 말이야."

옆에 있던 이사벨라가 집으로 돌아가자고 조르며 울기 시작하자, 캐서린은 속상해서 어쩔 줄 몰라 하며 서 있었어요.

"이사벨라, 왜 우니? 누가 너를 때리기라도 했니? 더는 소란 피우지 마. 오빠가 온다! 그만 울어!"

캐서린이 경멸하는 투로 말했어요.

힌들리는 히스클리프를 자기 방으로 끌고 가서 난폭하게 매질을 한 모양이었어요. 잠시 뒤 얼굴이 시뻘게져서 숨을 헐떡거리며 나왔으니까요.

"자, 모두 자리에 앉아. 에드거, 또 이런 일이 있으면 마구 때려 주도록 해. 그러고 나면 배가 고파져 식욕이 날 테니까."

힌들리가 큰 소리로 말했어요.

아이들은 맛있는 음식을 보자 곧 조용해졌어요. 마차를 타고 오느라 시장했던 참이었고, 다친 사람이 있는 것도 아니었기 때문에 금방 마음이 풀린 것 같더군요.

힌들리는 고기를 썰어 접시마다 가득 담아 주었고, 힌들리 부인은 식사 중에 재미있는 이야기를 해서 린튼네 아이들의 마음을 사로잡았어요. 저는 그들과 같이 어울리는 캐서린이 왠지 인정머리 없게 느껴졌어요.

그런데 그 생각도 잠깐, 캐서린의 얼굴이 붉어지더니 눈가에 눈물이 고이는 것을 보았어요.

캐서린은 눈물을 보이면 안 된다고 생각했는지, 들고 있던 포크를 일부러 바닥에 떨어뜨리고 줍는 척하면서 눈물을 훔치더군요.

그 모습을 보니, 방금 전의 미움이 싹 사라지며 괜히 미안해졌지요. 캐서린은 히스클리프가 걱정되어 마음을 졸이고 있었던 거였어요.

저녁 식사가 끝나고 춤을 추며 놀았는데, 캐서린은 힌들리 부부에게 이사벨라의 파트너가 없으니 히스클리프를 불러 달라

고 부탁했어요. 그러나 한마디로 거절당했지요. 그래서 제가 이
사벨라의 파트너가 되었답니다.

크리스마스에 명문가를 순회하면서 기부금을 받곤 하는 기
머튼 악단까지 도착하여 파티는 무척 즐거웠어요. 트럼펫, 트롬
본, 클라리넷, 바순, 호른, 첼로에다 가수까지 곁들인 열다섯 명
의 기머튼 악단이 캐럴을 연주했고, 우리는 좋아하는 가곡과 합
창곡까지 청해서 들었어요.

캐서린은 계단 꼭대기에서 들으면 더 잘 들린다며 계단 위로
올라갔어요. 저도 따라갔지요. 사람이 꽤 많아서인지 우리 두 사
람이 사라진 것도 모르고 아래에서는 거실 문을 닫아 버렸어요.

캐서린은 멈추지 않고 계단을 올라가더니 다락방으로 올라
가 히스클리프를 불렀어요.

히스클리프는 한동안 대답도 하지 않았지만, 캐서린이 끈덕
지게 불러 대자 마침내 판자 벽 너머로 말을 하기 시작했어요.

저는 그들의 대화를 방해하지 않고 내버려 두었다가, 연주가
끝나자 얼른 캐서린을 부르러 올라갔지요. 그런데 다락방 안에
서 두 사람의 목소리가 들리는 것이었어요.

캐서린이 창문을 통해 지붕을 타고 넘어가 히스클리프가 갇
혀 있는 다락방의 창문으로 들어갔던 것인데, 저는 캐서린을 달
래서 다시 끌어내느라 무척 애를 먹었지요.

캐서린은 히스클리프를 부엌으로 데리고 가서 음식을 주라고 저에게 졸랐어요.

마침 조지프가 악단의 연주 소리를 피해 이웃집으로 가고 없어서, 저는 히스클리프를 난롯가에 앉힌 다음 맛있는 음식을 잔뜩 주었지요.

그런데 히스클리프는 음식에는 손도 대지 않고, 두 팔을 세우고 손으로 턱을 괴고 앉아 조용히 생각에 잠겨 있는 것이었어요.

제가 무슨 생각을 그리 골똘히 하느냐고 묻자, 그가 이를 악물면서 이렇게 대답하더군요.

"힌들리 녀석한테 어떻게 복수할까 생각하는 중이야. 내가 복수를 하려면 그 녀석이 나보다 먼저 죽으면 안 되는데, 먼저 죽을까 봐 걱정이야."

저는 깜짝 놀라 그를 바라보았는데, 그 표정이 너무나 진지해 보여서 한마디 했지요.

"그런 소리 하지 마. 악한 사람을 벌하는 것은 하느님이셔. 인간은 용서하는 법을 배워야 해."

"아니. 하느님이 벌주시는 것만으로는 내 맘이 풀리지 않아. 무슨 좋은 방법이 없을지 곰곰이 생각해 봐야겠어. 그런 생각을 하면 몸 아픈 것도 잊게 되거든."

"참, 이런 이야기가 록우드 씨는 그리 재미있지도 않으실 텐데 깜빡 잊고 수다를 떨었네요. 죽도 다 식어 버렸고, 졸고 계시는 분한테…… 히스클리프의 내력이라야 대여섯 마디면 충분한 것을……."

넬리는 하던 얘기를 중단하고 일어나서 바느질감을 치우기 시작했다. 나는 도무지 일어날 수 없을 정도로 기운이 없었으나 졸고 있는 것은 아니었다.

"그냥 있어요, 넬리. 차분하게 이야기를 들려주어서 정말 좋았어요. 그러니 그런 식으로 얘기를 계속해 주었으면 해요. 당신이 말하는 사람들은 모두 흥미롭기도 하고……."

"시계가 열한 번을 치는데요."

"괜찮아요. 아침 10시까지 누워 있는 사람들에게는 새벽 한두 시는 아직 초저녁이라오. 나는 내일 오후까지 이 난로 앞에 앉아 있을 거니까, 넬리만 괜찮다면 이야기를 계속해 줘요."

"할 수 없군요. 그럼 그 뒤로 한 삼 년 동안의 이야기는 건너뛰고, 그동안 안주인은……."

"아니, 이 이야기를 듣는 동안 뒷이야기가 몹시 궁금해졌어요. 그러니까 건너뛰지 말고 얘기를 상세하게 들려줘요."

"그렇다면 삼 년을 건너뛰지 않고, 바로 이듬해 여름으로 넘어갈게요. 1778년, 그러니까 23년 전일 거예요."

힌들리 부인의 죽음

화창한 6월의 어느 날 아침, 정말 잘생긴 남자 아기가 태어났어요. 힌들리 부부 사이에서 태어났는데, 제가 처음으로 돌본 아기였지요. 언쇼가의 마지막 후계자가 된 아기이기도 하고요. 그 아기가 바로 헤어튼입니다.

우리가 집에서 꽤 떨어진 들에서 건초를 만들고 있을 때, 식사를 날라다 주는 계집아이가 다른 때보다 한 시간이나 일찍 와서 외쳤어요.

"참말로 예쁜 아기가 태어났어요! 세상에 그렇게 예쁜 아기는 없을 거예요. 그런데 아기는 괜찮은데, 힌들리 부인의 상태가 좋지 않으시대요. 의사인 케네스 선생님한테 힌들리 부인이 오래 살지 못할 거라는 얘기를 들었어요."

"그래? 마님이 정말 위험하신 거야?"

저는 갈퀴를 내던지고 모자의 끈을 묶으면서 물었어요.

"그런가 봐요. 겉으로 보기엔 괜찮으신 것 같은데 말이에요. 아기는 넬리가 키워야 될 거래요. 우유에 설탕을 타서 먹이고, 밤낮으로 아기를 돌봐야 한대요. 마님이 돌아가시면, 그 아기는 넬리의 차지가 되는 거예요!"

계집아이는 흥분하면서 아기에 대해 말했어요. 저도 아기가 빨리 보고 싶어 서둘러서 집으로 돌아갔지요.

힌들리는 의사의 말을 믿지 않았지만 부인의 상태는 급속히 나빠졌어요. 어느 날 밤, 갑자기 심하게 기침을 해 대더니, 힌들리의 목을 끌어안고 그대로 세상을 떠났어요.

그리고 계집아이의 말대로 헤어튼을 제 손으로 키우게 되었지요.

힌들리는 아기만 건강하면 된다고 하면서도 자포자기 상태에 빠지고 말았어요. 방탕해졌고, 하인들을 더욱더 괴롭히기 시작했죠. 하인들은 그의 난폭한 성격을 견디지 못하고 하나둘 나가 버려서, 나중에는 저와 조지프만 남게 되었어요.

저는 제가 맡은 아기를 모른 척하고 집을 나갈 수가 없었어요. 게다가 저와 힌들리는 제 어머니의 젖을 나눠 먹고 자라서 남매와도 같은 사이였기 때문에 떠날 수가 없었지요.

히스클리프를 대하는 힌들리의 태도는 성자라도 악마로 변하게 할 정도로 포악했는데, 히스클리프의 악마 같은 성격도 그때부터 나타났지요. 히스클리프가 구제할 수 없을 만큼 타락해 가는 힌들리의 모습을 보고 기뻐하면서 날로 더 음흉하고 영악스러워져 가는 것이 눈에 보이기 시작했어요.

그때의 집안 사정은 말로 다 할 수 없을 정도였어요. 끝내 부목사님도 발길을 끊었고, 점잖은 집안의 사람들은 아무도 가까이하려 들지 않았지요. 오직 에드거 린튼만 캐서린을 찾아올 뿐이었어요.

열다섯 살이 된 캐서린은 이 고장의 여왕으로 군림했지만, 친구도 없는 지독한 고집쟁이로 변해 버렸어요. 그런데 캐서린은 옛 정에 놀라우리만큼 충실해서, 저를 그다지 싫어하지 않았고 히스클리프까지도 전과 다름없이 애정을 가지고 대했지요.

캐서린은 린튼네 가족들과는 계속 왕래를 했어요. 그렇게 말괄량이같이 굴던 캐서린이 그 집안사람들 앞에서는 유독 얌전하게 행동했거든요. 그 덕에 에드거의 여동생 이사벨라도 캐서린에게 호감을 갖게 되었고, 에드거의 마음을 완전히 사로잡고 말았던 거죠.

에드거는 워더링 하이츠를 찾아오기는 했지만 힌들리와는

마주치지 않으려고 애를 쓰는 것 같았어요. 그만큼 힌들리에 대한 평판이 좋지 않았거든요. 그런데 힌들리도 되도록 린튼가 사람들의 비위를 건드리지 않으려고 했어요.

캐서린은 에드거가 방문하는 것을 별로 좋아하지 않았어요. 그가 히스클리프와 마주치는 것이 싫었기 때문이지요. 두 남자랑 같이 있게 되면 그 누구 편을 들어야 할지 몰라 쩔쩔매곤 했어요.

그러던 어느 날, 힌들리가 외출을 했어요. 그러자 히스클리프는 그 틈을 타서 일을 하지 않고, 멋대로 캐서린과 놀려고 했지요. 하루 종일 힌들리에게 혹사를 당하는 히스클리프에게는 학문이니 책에 대한 애정이 아예 사라지고 없었고, 오직 캐서린과 함께 있는 것이 유일한 즐거움이었거든요.

그런데 캐서린은 히스클리프가 일을 쉴 줄 몰랐기 때문에, 에드거에게 오빠가 외출하니 놀러 오라고 이미 이야기를 해 둔 상태였어요. 그러고는 그를 맞기 위해 단장을 하고 있었지요.

"캐시, 오늘 오후에 어디 가니?"

"아니."

"그럼 왜 그런 옷을 입는 거야? 누가 오는 거야?"

"아니. 그런데 히스클리프, 왜 일을 하지 않고 이러고 있어?"

"힌들리가 외출하는 경우는 좀처럼 없잖아. 그래서 오늘은 너랑 같이 있을 거야."

"조지프가 일러바칠 텐데?"

"조지프도 페니스톤 절벽 저편에서 석회를 싣고 있을걸. 아마 밤늦게야 일이 끝날 거야."

히스클리프가 난롯가에 앉자, 캐서린은 몹시 난처한 표정을 지으며 가까스로 말했어요.

"이사벨라와 에드거가 놀러 온다고 했는데……. 비가 와서 안 올지도 모르지만."

"바쁘다고 오지 말라고 해. 그런 형편없는 것들 때문에 날 내쫓으려는 거야? 그런 애들은 그냥……."

히스클리프가 불평을 하자, 캐서린이 신경질을 부리듯이 말했어요.

"어머, 그 사람들이 어떻다고 그러는 거야?"

"그건 아니지만, 저 달력을 좀 봐. X 표시는 네가 린튼네 남매와 논 날이고, O 표시는 나와 함께 보낸 날이야. 알겠어?"

"그런 것까지 마음을 써서 어쩌겠다는 거야?"

"내가 늘 너와 같이 있고 싶어 한다는 사실을 알려 주고 싶었을 뿐이야."

"그러면 항상 너하고만 놀아야 해? 너는 말주변이 없어서 마치 어린애 같아."

"너는 지금까지 한 번도 내가 말이 없다거나 나를 상대하기 싫다고 불평한 적이 없었잖아, 캐시!"

"아는 것도 없고 말주변도 없는 사람과 상대가 되겠니?"

캐서린이 쏘아붙이자 히스클리프가 벌떡 일어났어요. 하지만 더는 자기감정을 드러낼 시간이 없었어요. 자갈길을 달려오는 말발굽 소리가 들렸으니까요.

잠시 뒤 노크 소리가 들리고 에드거 린튼이 들어오자, 히스클리프는 거실에서 나갔어요.

두 사람이 들어오고 나가는 동안, 캐서린은 에드거와 히스클리프의 차이점을 확실히 깨달은 것 같았어요. 생김새는 물론이고 성품까지 확실하게 차이가 났으니까요.

"내가 너무 일찍 왔나 보군."

에드거가 저를 흘끗 보면서 말하자, 캐서린이 대답하더군요.

"아니에요. 넬리, 거기서 뭘 하고 있지?"

"아가씨, 하던 일을 마저 끝내야 해요."

"손님이 계실 때 그 앞에서 쓸고 닦으면서 수선을 떠는 건 실례야."

"서방님이 안 계시니까, 마침 쓸고 닦기에 좋은 기회잖아요."

"나중에 하고, 어서 나가!"

"미안해요, 아가씨."

그 두 사람은 그곳에서 일을 하고 있는 제가 성가셨는지 거실에서 내보내려고 했어요.

그래도 제가 계속 일을 하고 있자, 캐서린이 제게 눈치를 주며 제 팔을 꼬집지 뭐예요. 그래서 캐서린을 좋아하지 않았던 저는 일부러 크게 소리를 질렀어요.

"어머, 아파요! 이건 너무하잖아요. 저도 더는 못 참겠어요!"

"내가 뭘? 이 거짓말쟁이."

"그럼 이건 뭔데요?"

제가 꼬집힌 팔을 보여 주며 화를 내자, 캐서린이 이번에는 제 뺨을 때리는 것이었어요.

어찌나 아프던지 눈물이 핑 돌더군요.

"캐서린……."

에드거는 자기의 우상이 저지른 거짓말과 폭행을 목격하고는 깜짝 놀라 말을 잇지 못했어요.

"이 방에서 당장 나가, 넬리!"

캐서린은 심하게 몸을 떨면서 계속 소리쳤어요.

그 방 안에는 어린 헤어튼이 있었는데, 그 상황을 보고 있었어요. 헤어튼이 "심술쟁이 캐서린 고모!"라고 말하며 울어 대자, 이번엔 헤어튼의 어깨를 움켜잡고 헤어튼의 얼굴이 새파랗게 질릴 때까지 흔들어 댔어요.

에드거는 캐서린의 그런 행동에 놀라면서 말리려다가 그만 뺨을 맞고 말았어요. 그러자 에드거는 겁을 먹었는지 뒷걸음질을 치더군요.

저는 헤어튼을 안고 그 방에서 나왔어요. 그 두 사람의 결말이 어떻게 될지 궁금해서 문은 열어 두고 말이에요. 에드거는 집으로 돌아가려는지, 모자가 걸려 있는 곳으로 가더군요.

"에드거, 어딜 가는 거예요?"

캐서린이 문 쪽으로 다가서며 묻자, 에드거는 비켜서며 나가려고 했어요.

"가지 마세요!"

"아니, 가겠어."

"린튼 씨를 화난 상태로 돌려보내고 싶지 않아요. 그러면 저는 밤새도록 괴로워할 거예요."

"나는 당신이 무서워졌소. 두 번 다시 이곳엔 오지 않을 것이오. 거짓말까지 하고……."

그러자 캐서린이 의자에 털썩 주저앉으며 목 놓아 울기 시작했어요. 그걸 보고 에드거가 망설이는 것 같더군요.

그래서 나는 집으로 가는 게 좋을 것 같다면서 에드거의 마음을 부추겼어요. 에드거는 뜰까지 나갔다가 무슨 생각에서인지 급히 되돌아왔어요. 그리고 곧장 거실로 걸어가더니 문을 닫아

버리는 것이었어요.

두 사람은 조금 전의 일은 다 잊어버린 것 같았고, 오히려 그 일이 서로에게 사랑을 고백하는 계기가 되어 더욱더 사이가 깊어진 것처럼 보였어요.

그러나 얼마 뒤에 힌들리가 술에 취해 돌아오자, 에드거는 급하게 집으로 돌아갔고 캐서린은 자기 방으로 들어가 버렸어요.

저는 급히 헤어튼을 숨긴 다음 힌들리의 엽총에서 탄환을 빼냈어요. 그 무렵의 힌들리는 만취하면 총을 들고 아무나 막 쏘려고 했거든요.

술에 취한 힌들리가 헤어튼을 찾더군요. 하지만 헤어튼은 힌들리를 몹시 두려워했어요. 귀여워할 때는 너무 세게 껴안아 숨도 못 쉬게 했고, 화가 났을 때는 난로에 처박고 마룻바닥에 내던지기도 했거든요.

힌들리는 저주의 말을 퍼부어 대면서 들어오다가 제가 아이를 숨기는 것을 보았어요.

"아하! 이제 알겠어, 넬리. 분명 너희는 저 아이를 죽이려 했겠다? 아이가 늘 보이지 않던 까닭을 이제야 알았어. 난 지금 케네스라는 돌팔이 의사 녀석을 늪 속에 처박고 오는 길이야. 하나나 둘이나 그게 그거니까, 너희도 죽여 버리겠어."

힌들리는 제 목덜미를 잡고 으름장을 놓더니, 어린 헤어튼을 자신의 팔로 꽉 끌어안았어요. 그러자 헤어튼이 큰 소리로 울부짖으며 발악을 하기 시작했어요.

"헤어튼, 아버지를 보면 반겨야지 비명을 지르면 되겠어? 자, 이제 그만 울어. 그래야 내 아들이지. 뚝 그치고 눈물을 닦아라. 옳지, 됐다. 그리고 키스해. 뭐, 싫다고? 키스해, 헤어튼. 제기랄! 멍청하게 이런 괴물을 키우다니!"

어린 헤어튼이 아버지의 품에서 벗어나려고 발버둥을 치자, 흔들리는 헤어튼을 안고 2층으로 올라가 난간 위에 올려놓았어요. 저는 헤어튼이 위험하다는 생각이 들어 달려갔지요.

제가 흔들리 곁으로 갔을 때, 흔들리는 난간 위에 엎드려 아래층에서 나는 소리에 귀를 기울이느라 손에 잡은 것이 무엇인지 거의 의식하지 못하는 상태였어요.

그는 누군가 계단 아래에서 다가오는 소리를 듣고는 "거기 누군가?" 하고 묻더군요. 저는 그것이 히스클리프의 발소리인 것 같아 가까이 오지 말라는 신호를 보내려고 했어요.

제가 잠시 헤어튼에게서 눈을 뗀 순간, 불안한 자세로 안겨 있던 아이가 아버지의 품에서 빠져나와 밑으로 떨어지고 말았어요.

그 순간 눈앞이 캄캄했으나, 곧 아이가 안전하다는 것을 알았어요. 다행히도 그 아래를 지나가던 히스클리프가 순간적으로 위에서 떨어지는 헤어튼을 받았던 거예요.

히스클리프는 아이를 바닥에 내려놓고 난간 위를 올려다보았어요. 헤어튼을 떨어뜨린 게 힌들리라는 것을 알아차린 그의 표정은 말할 수 없이 복잡해 보였어요. 복수의 기회를 놓쳤다는 생각에 억울해 하는 것 같기도 했고요.

저는 곧 아래층으로 내려가서 아이를 꼭 껴안았지요. 그 바람에 술이 깬 힌들리는 멋쩍은 얼굴로 천천히 내려왔어요.

"넬리! 이건 네 잘못이야. 아이를 보이지 않는 곳에 숨겨 두든가 내 손에서 아이를 뺏었어야지. 어디 다친 데는 없는가?"

"뭐라고요? 죽지 않았으면 바보가 되었겠지요. 아이를 이 지경으로 만들면, 마님이 무덤에서 뛰쳐나올 겁니다. 서방님은 헤어튼을 걱정할 자격도 없다고요!"

저는 화가 나서 버럭 소리를 질렀어요.

그러자 힌들리는 가소롭다는 듯이 껄껄 웃더니 식기장에서 브랜디를 꺼내 술잔에 따르면서 말했어요.

"당장 그 녀석을 데리고 꺼져! 내 눈에 띄지 않는 곳으로 가란 말이야."

"서방님, 제발 그만 마시세요. 이 가엾은 아이를 위해서 그러시면 안 돼요."

"누가 키워도 나보다는 나을 거야."

"서방님, 자신의 영혼을 소중히 여기세요."

저는 이렇게 말하며 힌들리의 손에서 술잔을 뺏으려 했어요.

"그런 소리 마! 차라리 내 영혼을 지옥으로 보내서 내 영혼을 만든 신을 처벌했으면 좋겠어. 자, 내 영혼의 완전한 파멸을 위해서, 건배!"

힌들리는 독설가처럼 소리쳤어요. 그는 만사가 귀찮다는 듯 우리에게 나가라고 하고는, 입에 담기도 싫은 지독한 욕설을 계속 퍼부어 댔어요.

"저놈이 술독에 빠져 죽지 않는 게 이상해."

힌들리가 문을 닫고 나가자, 히스클리프가 힌들리의 욕지거리를 흉내 내며 내뱉듯이 말했어요.

"저놈은 기머튼 마을의 어느 누구보다도 오래 살아서 백발이 성성한 죄인으로 무덤에 들어갈 거라고 케네스 선생이 말하더군. 운이 좋아서 사고가 나지 않는다면 말이야."

저는 아이를 재우기 위해 부엌으로 들어갔어요.

히스클리프가 헛간으로 간 줄 알았는데, 나중에 보니 난로에서 멀리 떨어진 벽 쪽에 놓인 의자에 조용히 누워 있었어요. 등받이가 높은 의자에 가려서 보이지 않았던 거지요.

저는 헤어튼을 무릎에 앉히고 흔들면서 자장가를 흥얼거리기 시작했어요.

깊은 밤에 아기가 웁니다.

땅속의 어머니, 그 소리를 듣고…….

사라진 히스클리프

자기 방에서 이 소동에 귀를 기울이고 있던 캐서린이 아래로 내려왔어요.

"넬리, 혼자 있어? 히스클리프는?"

"마구간에 일하러 갔겠지요."

전 그때, 히스클리프가 방에서 나간 줄 알고 있었기에 그렇게 대답했어요. 히스클리프는 잠이 들었는지 아무런 기척이 없었거든요.

캐서린은 한참 동안 아무 말 없이 저를 바라보다 눈물을 쏟아내며 입을 열었어요.

"넬리, 나는 지금 너무 슬프고 울적해."

저는 캐서린이 자신의 부끄러운 행동을 후회하고 있나 보다고 생각했어요.

"아가씨는 성미가 까다로워서 탈이에요."

"넬리, 비밀을 지켜 주겠어?"

"지킬 만한 비밀인가요?"

"물론이야. 난 지금 어떻게 해야 할지 모르겠어. 오늘 에드거 린튼이 나에게 청혼했거든. 그런데 승낙했는지 거절했는지 말하기 전에, 내가 어느 쪽을 택해야 옳은 건지 말해 줘."

"아가씨도 참! 제가 그걸 어떻게 알겠어요? 오늘 그분 앞에서 한 짓을 생각한다면 거절하는 편이 현명한 것 아닌가요? 그런 꼴을 보고도 청혼한 것을 보면, 에드거 도련님은 형편없이 미련하거나 아니면 모험심이 강한 바보일 테니까요!"

"그런 식으로 말하면, 어떻게 해? 난 승낙했단 말이야."

"승낙했다고요? 그렇다면 번복할 수 없잖아요?"

"승낙한 것이 잘한 것인지 아닌지를 말해 봐. 어서!"

"아가씨는 에드거 도련님을 사랑하나요?"

"응, 사랑하고 있어."

"그분을 왜 사랑하는 건가요?"

"그게 무슨 소리야? 사랑하는 데 이유가 왜 필요해?"

"아니, 사랑하는 이유를 분명히 말해야 돼요."

"그 사람은 젊고 명랑하고 잘생긴 데다 날 사랑해 주고, 돈도 많고……. 같이 있으면 즐겁기 때문이지."

"그건 나빠요. 그분의 외모가 평생 젊을 순 없어요. 그리고 나중에 가난뱅이가 될지도 모르는 일이에요."

"하지만 현재는 그렇잖아. 난 현재가 중요해."

"아가씨의 생각이 그렇다면 에드거 도련님과 결혼하세요."

"너한테 허락받으려는 것이 아니야. 네가 반대해도, 난 할 거야."

"그런데 뭐가 그리 슬프신 건데요? 다들 반대할 것 같지 않은데……."

"이상하게 내 영혼과 가슴으로 내가 잘못하고 있다는 생각이 자꾸만 들어."

"참으로 알 수 없는 말이로군요. 저는 도무지 이해할 수가 없네요."

"언젠가 내가 천국에 간 꿈을 꾸었어. 내가 지상으로 돌아오고 싶어서 엉엉 울었더니, 천사들이 화가 나서 나를 워더링 하이츠로 내던져 버렸어. 천국에 가고 싶지 않은 것과 마찬가지로, 에드거 린튼과의 결혼도 그래. 저쪽 방에 있는 악당 힌들리가 히스클리프를 이렇게 천하게 만들지 않았다면, 이런 생각도 하지 않았을 거야. 하지만 천박한 히스클리프와 결혼한다는 것은 내 품위를 떨어뜨리는 일이야. 그러나 내가 히스클리프를 얼마나 사랑하고 있는지, 그는 모를 거야. 내가 히스클리프를 좋아하는 건 그와 나의 영혼이 똑같기 때문이야. 에드거의 영혼과는 달라. 달빛이 번갯불과 다른 것처럼……."

캐서린의 말이 끝나기 전에 저는 히스클리프가 옆에 있다는 걸 알아차렸어요. 긴 의자 쪽에서 작은 기척이 들렸기 때문이지요.

그는 캐서린의 이야기를 모두 들은 듯, 조용히 일어나 밖으로 나가더군요.

캐서린은 그가 있는 곳과 등지고 있었기 때문에 그가 있다는 것도, 나갔다는 것도 알지 못했답니다.

저는 깜짝 놀라 얼른 그녀의 입을 막았어요.

"왜 그래?"

"조지프가 왔나 봐요. 히스클리프도 같이 들어오겠지요. 이미 문간에 와 있지나 않았는지 모르겠어요."

저는 마침 집으로 들어오는 조지프의 마차 소리를 듣고 그렇게 말했던 거예요.

"어머나! 문간에서 엿듣지는 않았겠지? 히스클리프가 우리 이야기를 듣지 못했다고 생각하고 싶어. 못 들었겠지? 그는 사랑이 뭔지도 몰라."

"모를 리가 없죠. 만약 아가씨가 결혼한다면, 히스클리프는

친구도 연인도 모두 잃고, 외톨이가 되어 버릴 거예요. 세상을 어떻게 살아갈 것인지도 모르게 될 거고…….”

“그가 외톨이가 된다고? 우리가 헤어지는 거라고?”

캐서린은 어이없다는 듯이 외쳤어요.

“도대체 누가 우리를 갈라놓는단 말이야? 넬리, 내가 살아 있는 한 그 누구를 위해서도 나는 그를 버리지 않아! 에드거와 결혼을 해도 히스클리프는 나에게 소중한 사람이야. 내가 에드거와 결혼하면, 히스클리프를 천대하는 오빠에게 벗어나게 해서 히스클리프가 자립하도록 도와줄 수 있어. 하지만 내가 히스클리프와 결혼하면 둘 다 거지가 되고 마는 거야. 안 그래?”

캐서린은 말을 하다가 멈추더니 저의 무릎에 얼굴을 파묻었어요. 저는 말 같지도 않은 이야기를 계속 들을 수가 없어서 캐서린을 확 밀어냈지요.

“아가씨, 그 돼먹지 않은 소리를 더는 듣고 싶지 않아요. 이젠 저한테 그런 비밀을 털어놓지 마세요. 비밀을 지켜 준다는 약속을 할 수 없으니까요.”

“넬리, 비밀 지켜 줄 거지?”

“아니, 약속 못 하겠어요.”

캐서린은 계속 더 조르려고 했지만 조지프가 들어오는 바람에 이야기가 중단되었지요.

캐서린은 구석으로 자리를 옮겨 제가 저녁을 준비하는 동안 헤어튼을 돌보아 주었어요.

저녁 준비가 다 되었는데도 히스클리프가 들어오지 않자, 조지프가 투덜거렸어요.

"그 쓸모없는 히스클리프는 아직도 안 돌아왔나? 느려 터진 놈 같으니라고."

"헛간에 있겠죠. 제가 불러올게요."

제가 밖으로 나가 히스클리프를 불러 보았지만 아무 대답이 없었어요.

다시 안으로 들어가 조금 전의 이야기를 히스클리프가 들은 것 같다고 캐서린에게 말했더니, 캐서린은 깜짝 놀라며 밖으로 뛰쳐나가 히스클리프를 찾기 시작했어요. 하지만 그 어디에서도 그의 모습이 보이지 않았어요.

"히스클리프를 찾아서 나한테 데리고 와요. 할 말이 있어. 꼭 해야 해."

힘없이 돌아온 캐서린이 조지프에게 부탁하자, 조지프는 처음엔 싫다고 했어요. 하지만 그녀가 끈질기게 부탁하자, 투덜거리면서 밖으로 나갔어요.

그동안 캐서린은 안절부절못하면서 횡설수설했어요.

"어디로 갔을까? 도대체 어딜 간 거야, 넬리? 내가 뭐라고 말했지? 잊어버렸어. 오늘 낮부터 내가 짜증을 부려서 히스클리프는 화가 나 있었어. 이봐, 내가 그를 슬프게 할 만한 무슨 말을 했었지? 말해 봐! 꼭 들어와야 할 텐데!"

저는 '별일도 아닌 걸 가지고 뭘 그리 걱정이세요?' 하고 큰 소리쳤지만, 사실 저 역시 무척 불안했어요.

저는 밖으로 나가 히스클리프를 찾아보았어요. 그러나 그의 모습은 보이지 않았고, 조지프 역시 헛걸음만 하고 돌아와서 투덜거렸어요.

"히스클리프 녀석이 대문을 열어 놓는 바람에 아가씨의 망아지가 보리를 두 이랑이나 짓밟고 목장 쪽으로 달아났단 말이야. 주인어른이 이 사실을 알면 난리를 치실 텐데."

무척 어두운 밤이었어요. 시커먼 구름으로 보아 금방이라도 천둥이 칠 것 같았지요. 비가 쏟아지면 틀림없이 제 발로 걸어 돌아올 테니 저는 모두 앉아서 기다리자고 했어요.

그러나 캐서린은 가만히 있지 못하고 몹시 불안해 하면서 줄곧 현관 앞을 서성거렸어요. 그러다가 나중에는 길 가까운 담 옆에 붙어 서서, 천둥이 치고 굵은 빗방울이 떨어지기 시작했는데도 꼼짝하지 않은 채 히스클리프를 부르다가 엉엉 소리 내어 울기 시작했어요. 처절한 울음이었지요.

폭풍우는 무서운 기세로 워더링 하이츠의 언덕 위에 불어닥

쳤어요. 천둥이 쳤고 바람도 점점 거세졌지요. 그런데도 캐서린은 모자도 숄도 걸치지 않은 채로 고집스레 밖에서 버티고 있었어요.

한참 뒤에 흠뻑 젖은 채로 안으로 들어온 캐서린은 젖은 옷을 갈아입지도 않고 의자 깊숙이 기대앉아 등받이 쪽으로 고개를 돌리고는 두 손으로 얼굴을 가렸어요.

저는 아무리 말해도 듣지 않는 캐서린과 성경을 읽는 조지프를 남겨 둔 채 헤어튼과 함께 잠자리에 들었어요. 아이는 세상 모르고 깊이 잠이 들었고, 조지프가 한동안 읽던 성경을 접고 사다리를 올라가는 소리가 들리더군요.

다음 날 아침, 좀 늦게 아래층으로 내려가 보니 캐서린은 아직도 난롯가에 앉아 있었어요. 거실 문도 열려 있었고요.

일찍 일어난 힌들리가 핼쑥하고 피곤해 보이는 캐서린에게 다가가 말했어요.

"캐시, 어디 아프냐? 꼭 물에 빠진 강아지처럼 처량해 보이는구나."

"비를 맞아서 조금 추운 것뿐이에요."

힌들리가 어느 정도 술이 깬 것 같아, 제가 나지막한 소리로 말했어요.

"어제 저녁, 비를 흠뻑 맞고 밤새도록 앉아 있었어요. 제가 말려도 듣지 않고……."

"밤을 새웠다고? 무슨 일로 자지 않고 있었지? 설마 천둥이 무서워서 그랬던 건 아니겠고……."

힌들리가 제게 물었지만, 저는 히스클리프가 없어졌다는 이야기를 제 입으로 하고 싶지는 않았어요. 그래서 말없이 창문을 열었지요. 어젯밤에 날씨가 그렇게 험했다는 게 거짓말처럼 느껴질 정도로 상쾌한 바람이 들어왔지만, 캐서린은 짜증을 냈어요.

"넬리, 문 닫아! 추워 죽겠어."

캐서린은 덜덜 떨며 난롯가에 더 바짝 붙어 앉았고, 힌들리는 그런 캐서린의 손목을 잡으며 물었어요.

"도대체 왜 비를 맞으며 돌아다닌 거냐?"

힌들리가 다그치자, 캐서린이 결국 울음을 터트리며 말했어요.

"히스클리프가 어젯밤 돌아오지 않았어요. 오빠가 내쫓기 전에 이미 멀리 떠나 버렸단 말이에요."

그 말을 들은 힌들리는 캐서린에게 욕을 마구 퍼부어 댔어요.

저는 슬퍼하는 캐서린의 모습을 보자 겁이 덜컥 나서 조지프에게 케네스 선생님을 불러오라고 했어요. 선생님은 그녀를 보더니 심한 열병에 걸렸다고 하면서 잘 보살피라고 당부하더군요.

캐서린이 아프다는 소식을 듣고, 린튼 부부가 문병을 왔어요. 그러고는 캐서린을 자기 집에서 요양을 시키겠다며 데려갔지요.

우리로서는 고마운 일이었지만, 그 일은 큰 화를 불러왔어요. 린튼 부부가 캐서린의 열병에 전염되어, 며칠 못 가서 두 분 모두 돌아가셨거든요.

캐서린은 전보다 더 화를 잘 내고 오만한 성격으로 변해서 워더링 하이츠로 돌아왔어요. 폭풍우가 불던 그날 밤 이후, 히스클리프에게서는 아무런 소식이 없었지요.

그러던 어느 날, 캐서린이 얼마나 저를 괴롭히는지 저는 참다 못해서 이렇게 말했어요.

"히스클리프가 집을 나간 건 아가씨 때문이에요!"

캐서린은 그 뒤 몇 달 동안 저에게 단 한마디도 말을 걸지 않았고 일도 시키지 않았어요.

에드거 린튼은 사랑에 빠져 거의 넋이 나간 상태였어요. 부모님이 돌아가신 지 삼 년 만에 캐서린의 손을 잡고 기머튼 교회에서 결혼식을 올리면서, 자기가 이 세상에서 가장 행복한 남자라고 믿고 있었으니까요.

저는 너무나 싫었지만, 캐서린을 따라서 이곳 드러시크로스 저택으로 오게 되었어요. 캐서린이 에드거와 힌들리에게 눈물로 호소하는 바람에 어쩔 수가 없었던 거지요.

그때 헤어튼은 겨우 다섯 살이었는데, 그와 헤어지는 것이 얼마나 안타까웠던지…….

하지만 저는 주인인 힌들리의 명령에 따를 수밖에 없었어요. 헤어튼과 저는 서로 이 세상에서 그 누구보다도 가까운 사람이었는데, 결국 남이 되어 버린 거였지요.

여기까지 이야기하고 나서 넬리는 무심코 벽난로 위에 걸린 시계를 쳐다보았다.

시곗바늘이 1시 30분을 가리키고 있는 것을 보고 깜짝 놀라더니, 그녀는 1초도 더 있으려고 하지 않았다.

사실 나도 그 뒷이야기는 나중에 듣고 싶던 참이었다.

넬리가 자러 간 뒤, 나는 한두 시간가량 명상에 잠겨 있었으나 머리가 무겁고 팔다리도 쑤셔서 버티기가 힘들었다.

돌아온 히스클리프

내 은둔 생활은 첫걸음부터 좀 혹독했다. 4주일간을 병석에 누워 있었으니 말이다.

황량한 바람과 음산한 북부 지방의 하늘, 험한 길과 꾸물거리는 시골 의사, 좀처럼 보기 힘든 사람들의 얼굴!

무엇보다도 참기 힘들었던 것은 내년 봄까지는 아예 바깥출입을 삼가라는 의사 케네스의 말이었다. 반은 협박조였으니까…….

조금 전에 히스클리프가 문병을 왔다. 내가 이렇게 몸져누운 것에 전혀 책임이 없다고 생각하는 나쁜 사람이었지만, 쓸데없는 얘기를 늘어놓지 않는 고마운 사람이기도 해서 화를 낼 수는 없었다.

지금은 아주 편안한 시간이다. 책 읽을 기운은 없지만, 어떤 재미있는 일이라도 생기면 좋겠다.

넬리에게 올라와서 이야기를 마저 해 달라고 해도 나쁘지 않을 것 같았다.

"약을 드시려면 20분 정도 더 있어야 해요."

"제발 그 약 소리는 그만둬요. 지난번에 하다 만 히스클리프 씨의 내력이나 계속 들려줘요."

"괜찮으시다면 제 나름대로 이야기를 계속할게요. 지루하지 않고 재미있으시다면 말입니다. 오늘 아침에 기분이 좀 나아지셨나요?"

"아주 좋아요."

"잘됐군요."

저는 캐서린을 따라 드러시크로스 저택에서 생활하게 되었어요.

드러시크로스 저택으로 옮겨 간 캐서린은 생각과는 달리 매우 얌전하게 지냈어요. 에드거를 몹시 사랑하는 것처럼 보였고, 시누이인 이사벨라에게도 상냥하게 대했지요.

반년 동안은 불행의 불씨가 될 만한 일이 일어나지 않은 채 평화로운 시간이 계속되었어요. 캐서린이 가끔 우울해 하기는 했지만, 그럴 때면 에드거는 도량 넓은 침묵으로 감싸 주었거든요. 참으로 두 사람은 안정된 행복을 누리는 것 같았어요.

그러나 그 행복은 얼마 못 가서 끝이 나 버렸지요. 인간은 본래 자기 본위로 생각하는 존재라는 생각이 들어요. 온화한 사람은 난폭한 사람보다 좀 더 정당하게 이기적일 뿐인 거죠.

9월의 어느 날 저녁, 제가 사과밭에 나가 사과를 딴 뒤 바구니에 가득 담아 가지고 돌아오는 길이었어요. 어둠이 깔리고 높다란 담장 너머로 달이 떠 있어, 여기저기 튀어나온 건물의 모서리마다 그림자가 희미하게 드리워져 있었지요.

저는 부엌문 앞 계단에 바구니를 내려놓고 상큼한 밤공기를 기분 좋게 들이마시며 잠시 쉬고 있었어요. 현관을 등진 채 달을 바라보고 있는데, 뒤에서 누군가가 저를 부르는 소리가 들려왔어요.

"넬리, 넬리 맞지?"

낯선 목소리였는데, 말투가 어딘지 귀에 익숙하다는 생각이 들었어요.

저는 깜짝 놀라 주위를 두리번거리다가 현관 입구에 서 있는 남자를 발견했어요.

"벌써 한 시간이나 기다렸어."

저는 그 남자를 뚫어지게 바라보았어요. 뺨은 검은 구레나룻으로 덮여 있었고, 움푹 팬 눈은 날카롭게 빛나고 있었지요.

"아니, 히스클리프? 히스클리프 맞아요?"

"맞아요, 히스클리프요."

그는 대답을 하면서 저에게 두었던 눈길을 돌려 창문을 흘끗 바라보았어요. 창문은 달빛을 받아 유난히도 반짝이고 있었지만, 안에서는 불빛이 새어나오지 않고 있었어요.

"다들 집에 있나? 그녀는 어디 있어? 넬리, 당신은 날 별로 반가워하지 않는군. 그렇게 놀랄 것까진 없어. 캐서린을 만나게 해 줘. 할 얘기가 있으니까."

"글쎄요. 마님이 아시면 깜짝 놀라실 거예요. 분명히 히스클리프지요? 그런데 참으로 많이 변했군요. 아니, 전혀 알아볼 수가 없어. 군대에라도 갔었나요?"

"어서 가서 내 말이나 전해 줘. 만나게 해 주지 않으면, 여기서 한 발자국도 움직이지 않을 거야."

그는 초조한 듯 재촉했어요. 그가 걸쇠를 벗겨 주기에 저는 안으로 들어갔지만 선뜻 캐서린 내외가 있는 거실로 들어설 용기가 나지 않았어요.

은빛 안개 사이로 워더링 하이츠가 보였는데, 창가에 나란히 앉아 있는 캐서린 부부는 참으로 평화로워 보였어요.

촛불을 켠다는 구실로 방 안으로 들어간 저는 촛불을 켤지 물어본 뒤, 캐서린에게 낮게 속삭였어요.

"기머튼에서 오신 분이 뵙자고 합니다."

"그래? 그럼 커튼을 내리고 이리 차를 가져다줘. 곧 돌아올게."

그녀가 방을 나간 뒤에 에드거가 저에게 지나가는 말로 누가 왔느냐고 묻더군요.

"뜻밖의 분이에요. 기억하실지 모르지만, 워더링 하이츠에 살았던 히스클리프라는 사람이에요."

"뭐라고? 그 집시 하인 녀석 말인가? 왜 마님께 사실대로 말씀드리지 않았지?"

"그 사람을 그렇게 부르시면 안 돼요. 마님이 들으면 무척 서운해 하실 거예요. 그가 돌아온 것을 알면 매우 기뻐하실 텐데요."

제가 조심스럽게 말하자, 에드거는 창가로 다가가 그 두 사람을 확인하며 소리쳤어요.

"여보, 거기 서 있지 말고 안으로 모시고 들어와요! 특별한 손님이라면 말이오!"

캐서린은 곧 숨 가쁘게 2층으로 달려왔고, 기쁜 듯이 에드거의 목에 매달려 펄쩍펄쩍 뛰며 말했어요.

"여보, 히스클리프가 돌아왔어요."

"그래요? 그렇다고 내 목을 조르진 마시오. 히스클리프가 당신에게 그토록 소중한 사람인 줄은 미처 몰랐군요."

"당신이 그 사람을 싫어하는 건 저도 알아요. 하지만 절 위해서 앞으로 사이좋게 지내 주세요. 그를 이 방으로 올라오라고 해도 되죠?"

"이리로? 거실로 말이오?"

"아니면, 어디로요?"

에드거는 화가 났는지, 그에게 알맞은 곳은 부엌이라고 말했어요. 캐서린은 남편을 노여움과 비웃음이 반반씩 섞인 장난스러운 표정으로 쳐다보며 이렇게 말하더군요.

"안 돼요. 그를 부엌에서 맞이하고 싶진 않아요. 넬리, 여기 탁자를 두 개 가져다줘요. 하나는 고귀하신 주인어른과 이사벨라 아가씨를 위해서. 또 하나는 천한 히스클리프와 나를 위해서 말이야. 그럼 되겠지요? 아니면 다른 방에 불을 켜도록 할까요? 그렇다면 분부를 내리셔야죠. 저는 내려가서 손님을 모셔 와야겠어요. 정말이지 너무 기뻐서 꿈만 같아요."

캐서린이 다시 내려가려고 하자, 에드거가 캐서린을 붙잡으며 저에게 일렀어요.

"넬리가 가서 그를 올라오게 해요. 그리고 캐서린! 집시를 마치 가족이라도 되는 듯 반가워하는 건 말리지 않겠지만, 남에게 웃음을 사지 않도록 주의해요."

제가 아래로 내려갔더니 히스클리프가 현관 입구에서 기다리고 있었어요. 그는 잠자코 제 뒤를 따라오더군요.

제가 히스클리프를 거실로 안내해 들어갔더니, 그 사이에 부부는 말다툼이라도 했는지 얼굴이 벌겋게 상기되어 있었어요.

그러나 캐서린은 히스클리프가 들어서자 금세 밝은 표정을 지었고, 억지로 에드거의 손을 끌어당겨 히스클리프와 악수를 시켰어요.

밝은 곳에서 보니 히스클리프는 상당히 변해 있었어요. 그동안 군대에라도 가 있었는지, 다부지고 건장한 모습이 상당히 의젓해 보이더군요. 예전의 촌스러운 모습은 어디론가 사라졌고, 왠지 모를 위엄까지 느껴졌으니까요.

에드거의 놀라움은 저보다 더했는지, 히스클리프의 눈치를 살피며 말했어요.

"앉으시오. 내 아내는 옛 정을 생각해서 당신을 정중하게 맞이하길 원하고 있소. 나는 아내가 기뻐하는 일이라면 뭐든 기쁘게 생각하오."

"저도 그렇습니다. 제가 한몫 낄 수 있는 일이면 더욱 그렇습니다. 기꺼이 한두 시간 폐를 끼치겠습니다."

두 사람은 무표정한 시선으로 서로를 바라보았어요. 캐서린은 히스클리프의 맞은편에 앉아 있었는데, 그의 얼굴에서 잠시도 눈을 떼지 못했어요. 마치 눈길을 다른 데로 돌리면 그가 사라지기라도 할까 봐 두려워하는 표정이 역력했어요.

히스클리프는 캐서린을 자주 바라보지는 않고, 이따금씩 슬쩍 훔쳐볼 뿐이었어요. 그러면서 캐서린의 눈에 깃든 감출 수 없는 반가움을 느끼며 점점 자신감을 갖는 듯했어요.

"히스클리프, 너무해요. 3년 동안이나 소식이 없다니, 나 같은 건 생각하지도 않았던 거죠?"

"캐시가 결혼했다는 말을 얼마 전에야 들었어. 나는 캐시의 행복한 모습을 한 번만 본 뒤, 힌들리에게 복수하고 이 세상을 떠나려고 했었지. 그러나 이렇게 날 반가워해 주니 마음이 바뀌는군. 다시는 나를 내쫓지 않겠지? 그때 당신이 말한 마지막 한마디 때문에 나는 비참하게 살아왔어. 하지만 오직 당신만을 생각하면서 살아왔으니, 나를 용서해 주어야 해."

에드거는 불쾌함 때문인지 얼굴빛이 점점 창백해졌는데, 캐서린이 히스클리프에게 다가가 손을 잡으며 미친 듯이 웃었을 때는 불쾌감이 극에 달한 것 같았어요.

"캐서린, 차가 식겠구려."

에드거가 평소의 어조로 예의를 지키며 말했지만, 흥분 때문인지 한 모금도 마시지 않더군요.

히스클리프는 한 시간도 채 머물지 않고 자리에서 일어났어요.

"벌써 가려고요? 기머튼에서 머물 건가요?"

제가 묻자, 히스클리프가 태연스러운 얼굴로 대답했다.

"아니, 워더링 하이츠로 돌아갈 거야. 힌들리가 초대해 주었거든."

정말 이상했어요. 서로를 그렇게 미워하던 두 사람이었는데, 힌들리가 그를 초대했다니……

그가 돌아간 뒤, 저는 그의 말을 곰곰이 되새겨 보았어요.

'그는 위선자가 되어서 양의 탈을 쓰고 행패를 부리려고 돌아온 게 아닐까?'

히스클리프가 무슨 계략을 꾸미는 것은 아닐까 싶어, 저는 무척 걱정이 되었어요.

아무리 생각해 보아도, 히스클리프가 이 지방을 떠나 다른 곳으로 가는 편이 낫겠다고 여겨지더군요.

그날 밤 저는 좀처럼 잠을 이룰 수가 없어서 한참을 뒤척이다 겨우 잠이 들었는데, 캐서린이 제 침실로 와서 절 깨웠어요.

"넬리, 잠이 안 와. 에드거가 히스클리프를 질투하다니, 남자답지 못하게……. 화가 나서 나에게 말도 하지 않으려고 해. 속이 좁아. 그렇지?"

"아가씨, 주인어른 앞에서 히스클리프 얘기를 하시면 안 돼요."

"그게 바로 자기 약점을 드러내는 거지 뭐야? 내가 이사벨라와 말다툼을 할 때 넬리가 이사벨라 편을 들어도 난 언짢은 표정 한 번 지은 적 없잖아. 우리가 다정하게 지내는 것을 에드거가 좋아하니까, 그렇게 했던 거야. 이렇게 두 사람 비위를 맞추고는 있지만, 가끔 따끔한 맛을 보여 주는 것도 좋은 방법이라는 생각이 들어."

"잘못 아셨어요. 그분들이 마님 비위를 맞추고 계신 거예요. 두 분께서는 무엇이나 마님이 원하는 대로 해 주시는데, 일시적인 기분 정도는 받아 주셔야지요."

"하지만 하찮은 일로 화내는 건 어린애 같아서 싫어. 그런 점은 히스클리프 쪽이 훨씬 훌륭해. 정말 멋진 신사가 되었던데?"

"히스클리프가 워더링 하이츠에 머무는 것을 어떻게 생각하세요? 무슨 꿍꿍이가 있는 건 아닐까요?"

"그건 나도 놀랐어. 히스클리프는 넬리가 아직 워더링 하이츠에 있을 거라고 생각해서 그곳으로 갔었대. 나에 대한 얘길 물어보려고. 조지프가 힌들리 오빠에게 히스클리프가 왔다고 알려 주었고, 오빠도 궁금했던지 히스클리프에게 그동안 뭘 하고 살았냐고 물어봤나 봐. 오빠는 그때 사람들과 도박을 하고 있었는데 그 도박판에 히스클리프가 끼게 되었고, 히스클리프가 돈을 조금 땄대. 돈을 많이 잃은 오빠는 히스클리프가 돈이 많다는 것을 알고, 저녁에 다시 오라고 한 거야."

불과 3년 동안 히스클리프가 무엇을 해서 돈을 모았는지는 아무도 몰랐고, 워더링 하이츠에서는 밤낮없이 도박판이 벌어지고 있었지요.

엇갈린 사랑

다음 날 에드거는 기분이 무척 좋아 보였어요. 아마 캐서린이 방으로 돌아가서 남편의 기분을 풀어 준 모양이었어요. 에드거는 캐서린과 이사벨라가 워더링 하이츠로 놀러 가는 것도 반대하지 않았으니 말이에요.

그 뒤 히스클리프는 조심스럽게 드러시크로스를 방문했고, 점차 손님으로 인정받기 시작했어요. 이사벨라가 히스클리프를 좋아하게 되었거든요.

에드거는 동생 이사벨라를 굉장히 귀여워했는데, 그녀가 히스클리프를 좋아한다는 걸 알고 무척 당황하는 것 같았어요. 히스클리프의 본성을 잘 알고 있었으니까요.

에드거는 직감적으로 누이동생을 히스클리프에게 맡겨서는 안 된다고 생각한 것 같았어요. 상대방과는 상관없이 이사벨라 혼자 애태우는 짝사랑이라면 시간이 흘러가길 기다렸겠지만, 에드거는 그것이 히스클리프의 교묘한 계략이라고 단정을 지었던 거지요.

저는 언젠가부터 이사벨라가 누군가를 애타게 그리워한다고 느꼈어요. 어떤 때는 침울하니 말이 없다가 괜히 짜증을 내기도 했고, 심지어는 캐서린에게 대들거나 생트집을 잡는 일도 생기기 시작했거든요.

그래도 건강이 좋지 않아서 그런 것이려니 생각했고, 어느 정도는 모른 척했어요. 사실, 이사벨라는 눈에 띄게 체중이 줄고 얼굴이 수척해졌거든요.

"아무래도 의사 선생님을 불러야겠어요."

캐서린이 걱정하며 말하자, 이사벨라가 마구 흥분했어요.

"난 아프지 않아요. 다만 언니가 심하게 굴어서 마음이 편치 않은 거라고요."

"내가 언제 심하게 굴었어요?"

"어제요. 그리고 지금도요."

"어제라고요?"

"네. 나보고 마음대로 돌아다니라고 해 놓고, 언니는 히스클리프 씨와 다정하게 산책했죠?"

"그래서 심하게 굴었다고 한 거예요?"

캐서린이 웃으면서 물었어요.

"언니는 내가 그와 함께 있고 싶어 하는 걸 알면서도 항상 날 훼방 놓아요. 나는 그 사람을 사랑하고 있단 말이에요."

"어리석기도 하지! 아가씨가 히스클리프를 좋은 사람이라고 생각하고, 그의 사랑을 원하다니! 아무래도 내 귀가 잘못됐나 봐요."

"천만에요. 잘못 들은 게 아니에요. 에드거 오빠가 언니를 사랑하는 것보다 더 많이 히스클리프 씨를 사랑하고 있다고요. 언니만 가만히 있으면, 그분도 나를 사랑하게 될 거예요."

"나는 이 세상을 다 준다 해도, 아가씨 같은 신세는 되고 싶지 않군요. 넬리, 가만히 있지 말고 얘기 좀 해 줘. 히스클리프가 어떤 사람인지. 교육도 받지 못하고 교양도 갖추지 않은 야만인인데다, 얼마나 메마르고 거칠고 사나운 사람인지를……."

이사벨라는 분노로 어쩔 줄 몰라 하며, 이글이글 타오르는 눈으로 캐서린을 노려보며 말했어요.

"감히 그런 소리를 하다니! 그분이 마치 악마라도 되는 듯이 말하는군요."

"내가 장난삼아 하는 말인 줄 알아요?"

"틀림없이 그래요."

"그렇다면 하는 수 없지요. 마음대로 해요."

캐서린이 방에서 나가자, 저도 이사벨라에게 한마디 했지요.

"그 사람은 아가씨와 어울리지 않아요. 그만 잊어버리세요."

"넬리도 다른 사람들과 한패로군."

이사벨라는 제 말도 듣지 않았지요.

이튿날, 에드거가 집을 비웠어요. 이웃 마을에서 치안 판사 회의가 있었는데, 에드거가 반드시 참석해야 했거든요.

히스클리프가 그 사실을 알고 저택으로 찾아왔어요. 그때 캐서린과 이사벨라는 함께 거실에 있었는데, 캐서린은 히스클리프가 온 것을 알고선 짓궂은 미소를 지으며 말했어요.

"어서 오세요, 히스클리프 씨. 마침 잘 오셨어요. 우리 아가씨가 당신에게 반해 애를 태우고 있어요. 그 때문에 우린 싸움까지 했지요."

캐서린은 어제 싸운 일에 대해 얘기하며, 이사벨라가 도망치지 못하게 팔을 꼭 붙잡았어요. 이사벨라는 창피함과 수치심 때문에 팔을 빼내려고 안간힘을 쓰더군요.

"그 말은 틀린 것 같아. 지금 그 아가씨는 내 곁에서 달아나고 싶어 하는데?"

히스클리프가 이사벨라를 유심히 쳐다보며 말했어요.

그러자 이사벨라는 그 시선을 견디지 못하고 얼굴이 하얗게 질려 버렸지요. 그리고 캐서린의 손아귀에서 벗어나려고 버둥거리다가 그만 캐서린의 팔을 할퀴고 말았어요.

"아얏, 아파! 아가씨, 난 사실을 얘기한 것뿐인데, 할퀴기까지 하다니! 사모하는 사람 앞에서 이런 짓을 하다니, 멍청하기도 하지! 여우가 따로 없다니까. 나가요, 제발! 봐요, 히스클리프. 이것이 바로 앞으로 당신을 혼내 줄 무기라고요."

당황스러우면서도 화가 난 이사벨라가 문을 사납게 닫고 나가자, 히스클리프가 말했어요.

"만일 손톱으로 나를 위협한다면, 그 손톱을 뽑아 버리고 말겠어. 그런데 캐시, 저 아가씨를 그렇게 괴롭히는 이유가 뭐지? 당신이 한 말이 사실인가?"

"사실이에요. 당신을 처음 본 순간부터 아가씨는 당신을 애타게 사모해 왔어요. 오늘 아침에도 당신 칭찬을 하느라 침이 마를 지경이었지요. 내가 그 들뜬 기분을 진정시키려고 당신의 결점을 낱낱이 들춰냈더니 나에게 악담을 마구 퍼부었어요. 하지만 신경 쓸 것 없어요. 그리고 나는 시누이를 사랑하니까, 당신에게 잡아먹히도록 내버려 두지는 않을 거예요."

"나도 저런 여자를 싫어 하니까 그런 일은 일어나지 않을 거야. 더구나 파란 눈은 에드거 녀석을 꼭 닮았단 말이야."

"보기 좋잖아요. 비둘기 같고, 천사 같은 눈이에요."

"그런데……, 저 아가씨가 에드거의 상속자인가?"

히스클리프가 짧은 침묵 끝에 물었어요.

"그렇다고 해야겠죠. 내가 아이를 반 다스쯤 낳아서 시누이의 권리를 없애 버릴까 해요. 당신은 늘 주위 사람들 재산을 탐내는 버릇이 있는데, 이번에는 그 주위 사람이 바로 나란 사실을 기억하세요."

"그것이 내 소유가 된다 해도 결국 당신 것임에 틀림없지. 그러나 이사벨라가 바보일지는 몰라도 미친 것은 아니니까, 당신 말대로 그 일은 이쯤 해 두지."

그리하여 그 문제는 일단락되는 듯싶었지만, 나는 히스클리프가 그날 내내 그 문제에 대해 생각했을 거라고 여겼어요. 캐서린이 방을 비울 때면, 그는 혼자서 싱글거리다가 생각에 잠기곤 했거든요.

저는 히스클리프가 한시바삐 떠나 주길 바라면서, 그의 일거수일투족을 감시해야겠다고 마음먹었어요. 그러면서 워더링하이츠와 드러시크로스 저택이 그가 돌아오기 전의 상태로 돌아갈 수 있도록 어떤 일이 일어나기를 원하고 있었지요. 그가 워더링 하이츠에 묵고 있다는 사실만으로도 매우 불안했으니까요.

하느님께서 길 잃은 양을 악의 길 위에서 방황하도록 내버려 두시자, 사나운 짐승 한 마리가 도사리고 앉아 그 양을 집어삼킬 기회만 엿보고 있는 듯한 느낌이 들었기 때문이지요.

그 뒤로도, 저는 워더링 하이츠에서 무슨 일이 벌어지고 있는지가 늘 궁금했어요.

한번은 기머튼까지 나간 적이 있었는데, 어린 시절이 떠올라 가슴이 벅차올랐어요. 그곳은 20년 전에 힌들리와 즐겁게 놀던 곳이었는데, 저도 모르게 '불쌍한 힌들리!'라고 중얼거리고 있는 것이었어요.

그 순간, 제 눈에 저를 똑바로 쳐다보고 있는 어린 힌들리의 환상이 보였거든요. 그러면서 워더링 하이츠에 가 보고 싶다는 충동을 억누를 수가 없었어요.

혹시 그가 죽었다면! 아니, 그가 곧 죽게 된다면! 환상이 죽음의 징조라면…….

워더링 하이츠가 가까워질수록 가슴이 막 두근거리더니, 드디어 집이 눈앞에 나타나자 숨이 멎는 것만 같았어요.

현관 입구에 머리가 흐트러진 밤색 눈의 어린아이가 문틈에 얼굴을 대고 서 있는 것이 보였어요. 혹시 '조금 전의 환상인가?'라는 생각도 들었지만, 자세히 보니 몇 년 전 워더링 하이츠에 두고 온 헤어튼이었어요.

"헤어튼, 잘 있었어요? 저예요, 넬리. 유모 넬리라니까요."

헤어튼은 제 팔이 닿지 않을 정도로 물러서서는 큼직한 돌멩이를 집어 들었는데, 벌써 저를 잊어버린 모양이었어요.

저에게 돌멩이를 던지는 헤어튼의 입에서 심한 욕이 쏟아져 나오는 것을 보자, 저는 울고 싶은 심정이 되었지요.

그러나 헤어튼의 마음을 달래려고 주머니에서 오렌지 하나를 꺼내 내밀면서 말했어요.

"헤어튼, 도련님 아버지를 만나러 왔어요."

아이는 잠시 망설이더니 오렌지만 홱 낚아채더군요. 그래서 저는 오렌지를 하나 더 꺼내 들면서 말했어요.

"누가 그런 말을 가르쳤는지 말해 줄래요? 부목사님인가요?"

"빌어먹을 부목사가 무슨 상관이야. 어서 그거나 줘."

"그럼 누구한테 글을 배우죠?"

"누구긴 누구야, 아빠지."

"그럼 아빠가 욕하는 것을 가르쳐 주었어요?"

"아니야, 히스클리프 아저씨야."

"그래요? 도련님은 히스클리프 아저씨가 좋아요?"

"그래. 아빠가 나한테 뭐라고 하면 그 아저씨가 아빠를 혼내 줘. 아저씨는 하고 싶은 것은 마음대로 해도 좋다고 했어."

저는 헤어튼의 손에 오렌지를 쥐어 주면서 말했어요.

"넬리가 현관에서 기다리고 있다고 아버지께 전해 주시겠어
요?"

헤어튼은 고개를 끄덕이고는 안으로 들어갔지요.

그러나 얼마 뒤에 나타난 사람은 힌들리가 아니라 히스클리
프였어요.

저는 유령이라도 본 듯 겁에 질려, 곧장 돌아서서 단숨에 이
저택으로 돌아오고 말았지요.

이사벨라의 가출

그런 일과 이사벨라와는 아무 상관이 없었어요. 다만 그 일이 있은 뒤, 저는 더욱 경계를 철저히 해야겠다고 마음먹게 되었지요.

비록 이사벨라의 비위를 건드려 집안이 시끄러워진다고 해도, 그런 나쁜 영향이 드러시크로스 저택에까지 미치는 것을 막아야겠다고 다짐했지요.

그런데 얼마 뒤, 또다시 큰 소동이 일어났어요.

이사벨라가 안뜰에서 비둘기에게 모이를 주고 있을 때, 히스클리프가 린튼가를 찾아왔어요.

그 무렵 이사벨라는 캐서린과 말을 하지 않는데, 짜증 섞인 불평도 늘어놓지 않아서 그나마 다행이라고 생각하고 있었어요.

히스클리프는 이사벨라를 발견하자마자 조심스레 주위를 둘러보았어요.

저는 그때 부엌 창가에 있다가 커튼 뒤로 얼른 몸을 숨기고는 지켜보았지요.

히스클리프가 이사벨라에게 다가가 말을 걸려고 하자, 이사벨라가 당황하며 달아나려고 하더군요. 그러자 히스클리프가 앞을 가로막으며 무례하게도 이사벨라를 껴안지 뭡니까.

"배신자! 위선자에다 교활한 사기꾼 같으니!"

저는 저도 모르게 순간적으로 소리를 지르고 말았어요.

"누구한테 욕하는 거야, 넬리?"

때마침 부엌에 들어선 캐서린이 물었어요. 저는 창밖의 두 사람을 감시하는 데 열중하는 바람에 캐서린이 들어온 것도 몰랐지요. 저는 화가 나서 대답했어요.

"누구겠어요? 전에 마님에게 이사벨라 아가씨는 싫다고 해 놓고, 저런 허튼수작을 하다니! 이번에는 무슨 핑계를 댈지 궁금하군요."

캐서린도 이사벨라가 히스클리프의 손을 뿌리치고 정원으로 뛰어가는 것을 보았어요.

잠시 뒤, 히스클리프가 집 안으로 들어왔을 때 제가 화풀이 삼아 한마디 하려고 하자, 캐서린은 입 다물고 있으라고 야단을

치면서 엄포를 놓더군요.

"모르는 사람이 들으면 넬리가 이 집 주인인 줄 알겠어. 분수를 알고 행동해야지. 그리고 히스클리프, 왜 소란을 피우는 거죠? 이사벨라에게 관심 두지 마세요. 에드거를 화나게 하고 싶어요?"

"그건 내 마음이야. 내가 당신 남편이 아니니까 질투할 필요 없지 않아?"

"질투가 아니에요. 이사벨라 아가씨를 진심으로 사랑한다면 결혼을 도와드리겠어요. 당신, 아가씨를 정말로 좋아하나요? 솔직하게 말해 봐요."

"……."

"왜 대답을 못 하는 거죠? 난 당신이 아가씨를 좋아하지 않는다는 걸 누구보다도 잘 알고 있어요."

"그리고 주인어른께서 당신 같은 사람과 아가씨가 결혼하는 것을 허락하시겠어요?"

저는 저도 모르게 또 끼어들고 말았지요.

"승낙이야 내가 받아 줄 수도 있어."

캐서린이 나를 보며 딱 잘라서 말했어요.

"그럴 필요 없어. 나는 그 녀석 허락 없이도 결혼할 수 있으니까. 그리고 캐서린 당신이 나에게 얼마나 지독하게 굴었는지 똑

똑히 기억하고 있으니까. 앞으로 내 일에 간섭하지 마!"

"당신, 전엔 이렇지 않았는데! 내가 당신을 무시해서 복수하겠다는 말이군요! 어떻게 그런 생각을 할 수 있죠? 내가 당신을 무시했었나요?"

캐서린이 놀란 표정으로 외쳤어요.

"당신에게 복수하려는 것은 아니야. 폭군이 노예들을 학대해도 노예는 폭군에게 반항하지 않으니까. 그 대신 자기보다 약한 자를 짓밟는 법이니, 나를 욕하지 말란 말이야. 당신이 정말로 내가 이사벨라와 결혼하기를 원한다면, 나는 차라리 내 목을 베고 말겠어."

"내가 질투하지 않는 것이 못마땅해서 그러는 거죠? 당신은 우리가 화목하니까 조바심이 나서 싸움을 붙이려는 건가요? 우리 아가씨를 놀리는 것이 가장 효과적인 복수라고 생각하는 거지요?"

저는 더는 두 사람을 보고 있을 수 없었어요. 그래서 계단을 뛰어올라가 곧장 에드거를 찾았지요. 마침 그분도 무슨 일로 캐서린이 아래층에서 그렇게 오래 있는지 궁금해 하고 있었어요.

"넬리, 마님을 보았나?"

제가 들어가자 에드거가 물었어요.

제가 에드거에게 히스클리프와 캐서린의 다툼을 얘기하자,

에드거가 화를 버럭 내며 소리쳤어요.

"더는 못 참겠어. 그런 녀석을 친구라고 하면서, 나한테까지 사이좋게 지내라고 하다니."

에드거는 하인들을 불러 복도에서 기다리라고 분부해 놓고 부엌으로 들어갔어요.

"캐서린, 뭘 하고 있는 거요? 히스클리프한테 그런 소릴 듣고서도 여태 여기 있다니……. 부끄러운 줄 알아야지."

에드거는 먼저 캐서린에게 이야기를 한 다음, 히스클리프를 바라보았어요.

"히스클리프, 나는 지금까지 많이 참아 왔소. 그러나 더는 참을 수 없으니, 지금 당장 떠나시오. 3분 이상 꾸물거리면 강제로 끌어낼 수밖에 없소."

히스클리프는 그렇게 말하는 에드거를 비웃었어요.

에드거가 저에게 하인들을 불러오라는 신호를 보내서 저는 그 명령을 따랐지요.

"하인을 부르러 보낸 건 비겁했어요. 맞서 싸울 용기가 없다면 사과하거나 언어맞거나 둘 중에 하나를 택해야 하는 것 아닌가요?"

캐서린이 남편보다 히스클리프의 편을 들면서, 하인들이 들어오지 못하게 문을 열쇠로 잠근 다음 그 열쇠를 난롯불 속에 던져버렸어요.

그 모습을 보고 화가 난 에드거는 얼굴이 시뻘게지면서 몸을 부들부들 떨었어요. 고통과 굴욕감이 그를 완전히 짓눌렀던 것이지요.

에드거는 의자 등받이에 몸을 기댄 채 얼굴을 두 손으로 감쌌어요.

그런데 히스클리프가 에드거에게 가까이 다가가더니, 의자를 확 밀어 버렸어요. 그러자 에드거가 벌떡 일어나서, 히스클리프의 목을 힘껏 한 대 친 뒤 뒷문으로 나가 버렸지요.

"그것 봐요. 당신, 이제 다시는 여기 오지 못할 거예요. 어서 가 보세요. 그이가 양손에 권총을 들고 하인 대여섯을 거느리고 올 테니까. 그이가 우리 얘기를 엿들었다면 절대 용서하지 않을 거예요. 히스클리프, 어서 가요."

"내가 그 녀석에게 이렇게 얻어맞고 곱게 물러갈 줄 알아?"

그가 으르렁거리자, 제가 거짓말을 꾸며서 말했어요.

"주인어른은 오시지 않을 거예요. 마부와 두 정원사가 와 있어요."

정원사와 마부가 온 건 사실이었어요. 그런데 에드거도 같이 왔지요.

그들이 부지깽이로 안쪽 문의 자물쇠를 부수고 들어왔을 때는 이미 히스클리프가 도망쳐 버린 뒤였어요.

몹시 흥분한 캐서린이 저를 보고 2층으로 따라오라고 했어요.

2층으로 올라가자, 캐서린이 소파에 몸을 던지며 말했어요.

"미칠 것만 같아, 넬리. 에드거는 왜 내 입장을 생각하지 못하는 걸까? 조금이라도 내 입장을 이해한다면……, 에드거에게 제발 좀 깊이 생각하고 행동하라고 말해 줘! 넬리, 듣고 있어? 그런 멍청한 표정 짓지 말고, 걱정하는 척이라도 좀 해 주면 안 돼?"

제 표정이 거슬렸는지 캐서린이 화를 내더군요. 하지만 저는 에드거에게 그런 말을 전하고 싶지가 않았어요.

제가 곧 그 방에서 나오자, 에드거가 그 방으로 들어갔어요.

에드거의 목소리에는 노여움과 슬픔이 함께 묻어 있었어요.

"곧 나가겠소. 싸우러 온 것도 아니고, 화해하러 온 것도 아니오. 다만 당신이 오늘 밤 이후에도 계속 그 녀석과 만난다면……."

"그 얘기는 그만하세요."

"아니, 분명하게 대답해 줘요. 히스클리프를 단념할 것인지, 아니면 나를 버릴 것인지……."

"나가 줘요! 저 혼자 있고 싶어요."

캐서린은 아까보다 더 흥분하면서 화를 버럭 냈어요.

에드거는 괜한 말을 했다는 듯 후회하는 표정으로 걱정스레 그녀를 바라보았어요.

그런데 잠시 뒤, 캐서린의 몸이 굳더니 안색이 급속도로 나빠졌어요. 두 뺨이 너무나 창백해서 마치 죽은 사람 같았지요.

에드거가 잔뜩 겁에 질려 저를 찾았어요.

"걱정 마세요. 별일 없을 테니까요."

제가 캐서린의 얼굴에 물을 뿌렸지만 아무 효과가 없었어요.

제가 에드거에게 작은 목소리로 거짓 발작일지도 모른다고, 그전에도 그런 일이 있었다고 말했지요. 그런데 캐서린이 그 말을 들었는지 벌떡 일어나 머리카락을 마구 헝클더니, 온몸을 부르르 떨면서 방을 뛰쳐나갔어요.

제가 뒤쫓아 갔지만, 그녀는 문을 걸어 잠그고 열어 주지 않았어요.

이튿날 아침, 캐서린은 식사 시간이 되어도 내려올 기미를 보이지 않았어요. 저는 음식을 가져다줄지 물어보려고 올라갔지만, 한마디로 거절당했지요. 그 다음날까지 그런 상황이 계속되었어요.

에드거는 서재에 틀어박혀 있었는데, 캐서린이 어떻게 하고 있는지 물어보지도 않았어요. 다만 이사벨라를 불러 한 시간 정도 이야기하면서, 만약 히스클리프와 만나는 미친 짓을 한다면 오누이의 인연을 끊어 버리겠다고 엄포를 놓았지요.

이사벨라는 이사벨라대로 울면서 정원을 배회했고, 에드거는 서재에 틀어박혀 지냈어요. 캐서린이 잘못을 뉘우치고 용서를 빌며 화해를 청하리라고 막연히 기대를 했겠지만, 시간이 흐르면서 점점 지치는 듯했어요.

캐서린은 여전히 음식은 물론 물 한 모금 마시지 않고 방에 틀어박혀 있었어요.

그러다가 사흘째 되던 날, 캐서린은 드디어 무언가 먹을 마음이 들었는지 저에게 물을 좀 달라고 했어요. 그래서 제가 빵과 차를 가져다주었더니, 캐서린은 그것을 단숨에 먹어 치우고 다시 자리에 누우며 신음하듯 말했어요.

"죽어 버리고 싶어. 아무도 내 걱정은 하지 않아."

캐서린은 힘없는 목소리로 다시 중얼거렸어요.

"그이는 나를 조금도 사랑하지 않아. 내가 죽어도 보고 싶어 하지 않을 거야. 그 매정한 남편은 지금 뭘 하고 있지?"

"주인어른은 지금 서재에서 책을 읽고 계세요. 주인어른은 걱정하지 마세요. 책을 읽는 것에 지나치게 몰두하고 계시기는 하지만, 건강은 좋으신 편이에요."

제가 캐서린의 건강이 어느 정도인지 알았더라면 그렇게까지 심하게 말하지는 않았을 거예요. 저는 캐서린이 아픈 척 연

극을 하고 있다고 생각했거든요.

"책을 읽는다고? 내가 여기서 다 죽어 가고 있는데? 지난 사흘 밤을 한잠도 못 잤어. 가위에 눌려 얼마나 고통스러웠는데……. 그이는 내가 살든지 죽든지 관심조차 없는 거지?"

"아니에요, 주인어른께서는 마님이 돌아가실 거라는 생각 같은 것은 하지도 않으세요."

"넬리, 내가 굶어 죽을 것 같다고 전해 주지 않겠어? 그이가 알아듣도록 말이야."

"싫어요, 마님! 오늘 저녁을 맛있게 드신 걸 잊으셨어요? 내일이면 기운을 되찾으실 거예요."

그러자 캐서린은 돌아누우면서 갑자기 베개를 이빨로 물어뜯고, 베개 속 새털을 끄집어내어 시트 위에 나란히 늘어놓으면서 이상한 말을 하는 것이었어요.

"넬리, 이상해. 내 얼굴이 보여. 이 방에 귀신이 나오는 거야?"

"아무것도 안 나와요. 잘 보세요. 거울이잖아요. 거울에 마님이 비치는 거예요."

"시계가 열두 시를 치고 있어. 아, 무서워라!"

캐서린은 이불을 끌어당겨 눈 위까지 덮어쓰더군요. 저는 에드거를 불러야겠다고 생각했지요. 그런데 캐서린이 부들부들 떨면서 저를 붙들었어요.

"나는 내가 워더링 하이츠에 있는 내 방에 누워 있는 줄로 착각하고 있었어. 그냥 옆에 있어 줘."

"푹 자고 나면 한결 기분이 좋아지실 거예요."

"내가 지금 정말로 워더링 하이츠에 있다면 얼마나 좋을까. 창살문 옆에 전나무가 있어서, 바람이 불면 유리창을 때리며 소리를 내곤 했지. 그 바람을 쐬고 싶어."

저는 캐서린을 진정시키기 위해 창문을 열어 주었어요. 그러나 바람이 너무도 차가워서 금방 닫아 버렸지요.

캐서린은 눈물로 볼을 적신 채 조용히 누워 있었어요.

"내가 여기 틀어박힌 지 얼마나 됐어?"

캐서린이 갑자기 생기를 띠면서 물었어요.

"그때가 월요일 아침이었고 지금은 목요일 밤, 아니 금요일 아침이라고 해야겠어요."

"일주일도 안 되었다고? 분명히 더 오래되었을 거야. 그이가 나를 화나게 해서 이 방으로 뛰어 들어와 방문을 걸어 잠근 것이 생각나. 그런데 갑자기 온 세상이 캄캄해지면서 나는 그만 방바닥에 쓰러져 버렸어. 누군가 나를 계속 괴롭히면 틀림없이 발작을 일으키거나 미쳐 버릴 것 같았는데, 그런 상태를 그이에게 잘 설명할 수가 없었어. 나는 책상 다리에 머리를 기대고 앉아 네모난 창문을 통해서 동이 터 오는 광경을 보았어. 그러자 나는 워더링 하이츠의 침대 속에 있는 것 같은 착각에 빠졌어. 그리고 무엇 때문인지는 모르지만 어떤 슬픔 때문에 가슴이 몹시 아팠어. 그 이유를 알아내려고 애써 생각하는 중이었는데, 이상하게도 지난 7년이란 세월이 백지가 되어 버린 것만 같아. 난 어린아이였고, 아버지가 돌아가시고 얼마 되지 않아 히스클리프와 놀아선 안 된다는 오빠의 말을 듣고 슬퍼하고 있었어. 난 처음으로 혼자가 되었지. 나는 그 사실이 무섭기도 하고 너무나 슬퍼서 엉엉 울었어. 아아, 밖으로 나가고 싶어. 다시 억세고 자유분방하던 소녀 시절로 돌아가서, 아무리 야단을 맞아도 화내는 일 없이 오히려 비웃어 줄 수 있었으면 좋겠어. 왜 내가 이렇게 변했을까? 몇 마디 말에 왜 내 피가 끓어오를까? 저 히스 언덕에 가기만 해도, 예전의 내가 될 수 있을 텐데. 넬리, 창문을 다시 활짝 열어 봐. 활짝!"

"안 돼요. 감기 들어요."

"걱정하는 척하지 마. 넬리가 열지 않으면 내가 열 거야."

캐서린은 내가 말려도 듣지 않았고, 위태로운 발걸음으로 방을 가로질러가 창문을 활짝 열었어요.

"저것 좀 봐! 워더링 하이츠의 불빛이 보여."

캐서린이 열에 들떠 외쳤어요.

밖은 달도 없는 밤이었어요. 칠흑같이 어두워 아무것도 보이지 않았는데, 그녀는 불빛이 보인다고 하면서 자꾸 고집을 부렸지요.

"저것 봐. 촛불이 켜 있고 나뭇가지가 흔들리고 있잖아. 저기가 내 방이야. 조지프의 다락방에도 촛불이 켜져 있어. 내가 돌아오길 기다리고 있는 거야. 조금만 더 기다리게 해야지. 그곳으로 가려면 기머튼 교회를 지나야 하니까. 히스클리프와 기머튼 교회 옆을 지나가면서, 유령 따윈 아무렇지도 않다고 말하며 묘지에 갔었어. 그곳에 혼자 묻히기는 싫어. 히스클리프와 같이 묻히지 않으면 난 편히 잠들지 못할 거야."

캐서린은 제정신이 아닌 것 같았어요. 그때 문이 덜컥거리는 소리가 들리더니, 뜻밖에도 에드거가 들어왔어요. 마침 서재에서 나와 복도를 지나가다가 말소리가 들리니까 무슨 일인가 싶어 알아보러 들어온 것 같았어요.

에드거는 바람이 싸늘하게 들어오는 방 안 분위기를 보고 너무 놀란 나머지 말문을 열지 못했어요.

"캐서린이 아프다고? 넬리, 어서 창문을 닫아. 캐서린, 당신은 어째서……."

그러나 더는 아무 말도 하지 못했어요. 무섭도록 야윈 캐서린의 모습에 놀라, 저와 캐서린을 번갈아 볼 뿐이었지요.

"대단치 않다니, 넬리? 마님이 이 지경이 되도록 나한테 알리지 않은 이유가 뭐요?"

에드거가 저를 엄하게 꾸짖으며, 캐서린을 품에 안고 연민에 찬 시선으로 바라보았어요.

캐서린은 처음에 에드거를 알아보지 못한 것 같았어요. 그러나 완전히 정신이 나간 것은 아니어서, 천천히 에드거에게 시선을 집중하더니, 드디어 자기를 안고 있는 사람이 누구인지 알아보더군요.

"어머, 에드거! 와 주셨군요. 하지만 당신은 필요한 때에는 나타나지 않았어요. 이제 우리는 커다란 슬픔을 겪게 될 거예요. 저는 그것을 알아요. 봄이 오기 전에 제가 영원의 안식처로 가는 것을 막지 못할 거예요."

"캐서린, 도대체 무슨 말을 하는 거예요? 나 같은 건 필요 없다는 건가? 역시 당신은 그 망할 놈의 히스클리프를 사랑하는 거군……."

"쉿! 그만두세요. 당신이 그 이름을 입에 올리면 창에서 뛰어내려 죽어 버리겠어요. 당신한테 볼일 없어요. 죽어서는 제 영혼이 당신의 손이 닿을 수 없는 워더링 하이츠 꼭대기에 가 있을 거예요. 어서 서재로 돌아가서 책 속에나 파묻히세요!"

"마님은 지금 계속 헛소리만 하고 계세요. 잘 보살펴 드리면 건강을 회복하실 거예요."

"넬리, 당신의 충고 따윈 듣기 싫어. 당신은 캐서린의 상태를 사흘 동안이나 내게 알려 주지 않았잖아. 몇 달을 앓은 사람도 이렇게 쇠약해지진 않을 거야."

에드거가 소리를 치자, 저는 억울해서 변명을 늘어놓기 시작했어요. 그러자 캐서린은 혼란 속에서도 우리가 주고받는 대화를 모두 들었는지 길길이 뛰면서 소리쳤어요.

"넬리! 넬리가 내 숨은 적이었어. 내가 가만 놔두지 않겠어! 자기가 한 말을 취소하도록 만들 거야."

캐서린은 분노에 찬 눈빛을 띠며 에드거의 품에서 빠져나오려고 발버둥을 쳤어요. 저는 허겁지겁 의사를 부르러 밖으로 뛰어나갔다가, 마침 근처에 왕진을 나온 케네스 선생님을 만났어요.

"넬리, 이 집에 무슨 일이라도 난 건가? 캐서린같이 젊고 건강한 부인이 갑자기 병에 걸리다니, 아무래도 이상해."

"선생님은 언쇼가 사람들의 성질을 잘 알고 계시죠? 그중에 마님이 가장 심하십니다. 마님은 화를 내면서 갑자기 발작 비슷한 증세를 보이시기도 하는데, 얼마 전부터 방에 틀어박혀 아무것도 드시지를 않았어요. 지금은 헛것을 보며 헛소리를 하세요. 주인어른이 걱정하실 만한 말은 하지 말아 주세요."

"그러지. 조심하도록 주의는 시켜 두겠어. 그런데 요즘 에드거는 히스클리프와 가까이 지내는가?"

"자주 찾아오죠. 주인어른이 좋아해서가 아니라, 마님의 소꿉동무로서 오는 거예요. 하지만 지금은 이사벨라 아가씨를 탐내는 바람에 출입이 금지당한 상태예요. 다시는 드나들지 못할 거예요."

"이사벨라가 퇴짜를 놓았나?"

"그건 잘 모르겠어요. 이사벨라 아가씨는 속마음을 저에게 얘기하지 않으세요."

"감시를 소홀히 하지 마. 그 아가씨, 보통내기가 아닐세. 소문에는 어젯밤에도 저택 뒤 숲에서 둘이 만났다고 하더군. 그뿐 아니야. 히스클리프가 함께 도망가자고 이사벨라를 유혹했다는 소문도 있어. 다음에 만날 때 준비를 해 가지고 나오기로 하고, 그를 돌려보냈다는 거야. 린튼 씨한테 정신 바짝 차리고 감시하라고 이르게."

케네스 선생님의 말씀을 듣자, 저는 무언가 심상치 않은 일이 벌어질 것 같아서 불길한 예감이 들었고 근심에 싸여 있었지요.

그래서 케네스 선생님을 앞질러 먼저 집으로 돌아와서 이사벨라의 방으로 가 보았죠.

불길한 예감이 맞았어요. 이사벨라의 방이 텅 비어 있었거든요. 저는 에드거에게 차마 또 다른 걱정거리를 안겨 줄 수가 없어, 잠자코 지켜보기로 마음먹었어요.

그때 케네스 선생이 도착해서, 저는 착잡한 심정으로 캐서린에게 안내했지요.

그날 밤 저와 에드거는 거의 뜬눈으로 밤을 새웠어요. 그런데 아침 일찍 기머튼으로 심부름을 갔던 철없는 하녀가 방 안으로 뛰어 들어오며 소리치는 것이었어요.

"주인어른, 큰일 났어요. 이사벨라 아가씨가……. 이사벨라 아가씨가 없어졌어요. 히스클리프가 데리고 가 버렸어요."

"그럴 리가 있나? 그 얘기를 어디서 들었지? 믿을 수 없어. 넬리, 가서 확인해 보게."

에드거는 도무지 믿을 수 없다는 듯 고개를 내저으며 다시 하녀에게 물었어요.

"어떻게 된 일인지 자세히 말해 봐."

"우유 배달부가 얘기해 줬어요. 기머튼에 있는 대장간에 두 사람이 함께 왔다고, 그 집 딸이 말해 줬대요."

"쫓아가서 아가씨를 데리고 와야 하는 거 아닐까요?"

"됐어. 그 애는 제 발로 걸어 나간 거야. 누구나 가고 싶은 데로 갈 권리가 있지. 앞으로 이 얘기는 하지 마! 이제 이사벨라는 내 동생이 아니야. 내가 그 애를 버린 것이 아니라, 그 애가 나를 버린 거야."

이사벨라의 가출에 대해 에드거가 한 얘기는 그것이 전부였어요.

다만 그곳이 어디건, 이사벨라가 있는 곳을 알게 되면 그녀가 쓰던 물건을 모두 보내 주라고 저에게 이르더군요.

그 뒤로는 집안 식구 누구도 이사벨라에 대해 묻지 않았을 뿐 아니라, 이름조차 들먹이지 않았답니다.

캐서린의 죽음

그들이 달아난 뒤, 그 두 사람의 소식은 두 달 동안 전혀 들려오지 않았어요.

케네스 선생님은 캐서린의 병이 뇌척수막염이라고 했어요. 에드거는 아픈 캐서린을 정성껏 간호했지요. 그 덕분에 캐서린의 상태는 많이 좋아졌지만, 케네스 선생님은 캐서린이 예전처럼 움직이기는 힘들 거라고 했어요.

캐서린이 병상에서 일어난 것은 이듬해 3월 초였어요.

그날 아침, 에드거는 황금빛 크로커스 한 다발을 캐서린의 머리맡에 갖다 놓았어요. 잠에서 깨어 그것을 본 캐서린은 눈을 반짝이며 꽃을 주워 모으더군요. 그토록 기뻐하는 표정은 참으

로 오랜만에 보는 것이었어요.

"이 꽃은 워더링 하이츠에서 가장 일찍 피는 꽃이에요. 여보, 눈은 이제 거의 다 녹았겠지요?"

캐서린이 들뜬 목소리로 물었어요.

"거의 다 녹고 언덕에만 조금 남아 있어요. 그 언덕을 당신과 함께 걸었으면 좋겠군. 상쾌한 바람을 쐬면 당신의 몸도 금방 좋아질 거요."

"하지만 저는 이제 거기에 갈 수 없을 거예요. 한 번은 몰라도……. 당신은 저를 그곳에 두고 떠날 거고, 저는 영원히 그곳에 남아 있게 될 거예요."

에드거는 캐서린의 머리를 사랑스럽게 쓰다듬으며 다정한 말로 기운을 북돋아 주려고 했어요. 그런데 캐서린은 꽃을 물끄러미 바라보면서 계속 눈물만 흘리더군요.

캐서린이 부축을 받아 걸어 다닐 정도가 되자, 에드거는 오랫동안 쓰지 않았던 아래층 거실에 불을 피우고 햇볕이 잘 드는 곳에 안락의자를 갖다 놓으라고 했어요. 그러고 나서 캐서린을 안고 내려왔지요.

그렇게 정성껏 간호를 받았으니 반드시 회복되리라고 우리는 믿었어요. 왜냐하면 캐서린의 몸 안에서 또 하나의 새로운 생명이 자라고 있었으니까요.

이사벨라는 집을 나간 지 6주일 만에 편지를 보내와, 히스클리프와의 결혼 소식을 알렸어요. 하지만 에드거는 답장을 쓰지 않았던 것으로 기억해요.

그 뒤 2주일쯤 지나, 이번에는 저에게 긴 편지를 보내왔어요. 그것은 신혼 초의 새색시가 행복에 겨워하는 것이 아니라, 괴로운 마음을 호소하는 내용이더군요.

그리운 넬리.

나는 어젯밤 워더링 하이츠로 돌아와서야 캐서린 언니가 몹시 위독하다는 소식을 들었어.

언니에게는 편지 보낼 형편이 못 되고, 오빠는 답장도 주시지 않아.

넬리, 오빠에게 말씀드려 줘. 떠나온 지 하루 만에 내 마음은 다시 드러시크로스 저택으로 돌아가 버렸다고…….

오빠 내외분이 보고 싶어도, 내 마음대로 할 수가 없어. 그러니까 나를 기다리지 마.

여기서부터는 넬리한테만 하는 얘기야.

넬리는 워더링 하이츠에 살 때 어떤 방법으로 인간적인 감정 교류를 했지?

그리고 히스클리프는 과연 인간일까? 아니면 미치광이?

악마?

넬리가 알고 있는 그는 어떤 존재인지 얘기해 줘.

넬리, 되도록 빨리 나를 만나러 와 줘. 오빠의 편지를 받아 가지고.

내가 새로운 보금자리라고 생각했던 워더링 하이츠에서 어떤 대접을 받고 있는지 짐작할 수 있겠어? 물질적 위안이 없다는 따위의 문제를 가지고 불평하는 것이 아니야. 그런 것은 차라리 자신을 즐겁게 해 주는 일일 수 있잖아.

우리가 워더링 하이츠에 도착했을 때가 아마 6시쯤이었을 거야. 집으로 곧장 들어가지 않고 히스클리프가 30분 정도 사냥터와 집 주위를 살피느라, 조지프 영감이 촛불을 밝혀 들고 나와서 우리를 맞아 주었을 때는 무척 어두웠어. 그런데 이 영감이 촛불을 들어 내 얼굴을 쳐다보더니 고약하게 흘겨보는 거야.

히스클리프가 조지프와 이야기하는 동안 나는 부엌으로 들어갔는데, 어쩌면 그렇게 더럽고 지저분한지……. 그런데 난로 옆에 손발이 트고 더러운 옷을 걸친 꼬마가 서 있는 거야. 캐서린 언니와 닮은 데가 있어 보였어.

'이 아이가 에드거 오빠의 처조카로군.' 하고 나는 생각했어. 그렇다면 내 조카이기도 하다는 생각에 가까이 가서 손을 잡으려고 했지.

"안녕하세요, 꼬마 도련님."

그런데 그 아이는 내가 친절하게 대했는데도 불도그 한 마리를 끌어내며 나를 위협하지 뭐야.

나는 놀라서 밖으로 뛰쳐나와 히스클리프를 찾았지만 어딜 갔는지 보이지 않았어. 그래서 조지프에게 같이 집으로 가자고 부탁했더니, 아주 멸시하는 눈초리로 훑어보면서 지금은 일이 바빠서 못 가겠다고 거절하는 거야.

나는 뜰을 돌아 샛문으로 나갔다가 출입문이 또 하나 나타나기에 노크를 했지.

텁수룩한 머리로 얼굴을 가린 무척 마른 남자가 문을 열어 주었어. 행색은 초라했는데, 캐서린 언니와 닮은 사람이었어.

"누구요? 무슨 일로 왔소?"

그가 웃지도 않고 험상궂은 표정으로 물었어.

"이사벨라 린튼이라고……, 한 번 뵌 적이 있지요. 지금은 히스클리프 씨와 결혼해서, 그이가 저를 이곳으로 데리고 왔어요."

"그러면 그놈이 돌아왔단 말이오?"

"네, 저희는 방금 전에 돌아왔어요. 먼 길을 오느라 몹시 피곤해서 쉬고 싶은데, 하녀는 어디 있죠?"

"하녀 따위는 없소. 자기 일은 자기가 알아서 해야 하오."

"그럼 저는 어디서 자야 하나요?"

나는 울먹이며 물었어.

"조지프가 히스클리프의 방으로 안내해 줄 거요. 저 문을 열어 보시오. 거기 영감이 있을 테니."

시키는 대로 문을 열려는데, 그가 돌연 나를 붙잡고 묘한 어조로 이렇게 말하는 거였어.

"방에 들어가면 문을 꼭 걸어 잠그고 빗장을 걸도록 하시오. 잊지 말고 그래야 하오."

"왜 그래야 하죠?"

히스클리프와 단둘이 일부러 문까지 잠그고 들어앉아 있다는 것은 생각조차 하기 싫거든.

"자, 이걸 봐요."

그는 윗옷 주머니에서 칼이 붙어 있는 이상하게 생긴 권총을 내게 꺼내 보여 주었어.

"나는 밤마다 이걸 들고 그 녀석의 방에 들어가고 싶은 마음을 억누를 수가 없소. 일단 방문을 열었다 하면 그 녀석은 마지막이오."

"그가 당신에게 무슨 짓을 했기에 이토록 증오하는 거죠? 그보다는 이 집에서 나가라고 하는 편이 더 현명하지 않을까요?"

"천만에! 이 집에서 나가겠다고 하는 날이 바로 그 녀석이 죽는 날이오. 만약 그랬다가는 나는 복수의 기회조차 갖지 못하고 무일푼이 되어야 하오. 헤어튼 역시 거지가 될 거고. 두고 보시오. 나는 그 녀석이 가진 돈을 전부 빼앗고, 나중에 그 녀석의 피까지도 빨아먹은 다음 지옥으로 보내 버릴 거요."

넬리, 그 사람은 완전히 미치광이 같았어. 적어도 어젯밤 같은 경우에는 말이야. 나는 너무나 무서워서 부엌으로 도망치고 말았지.

부엌에 들어가니 조지프 영감이 허리를 구부린 채 큰 냄비 속을 들여다보고 있었어. 그리고 옆에는 오트밀이 담긴 나무 대접이 놓여 있었고. 너무나 시장하던 참이라 그거라도 먹어야겠다고 생각해서 내가 오트밀을 끓이겠다고 했어. 하지만 생전 처음 해 보는 것이라 엉망이 되어 버렸지.

그런데 그것도 헤어튼이 더럽게 침을 뱉는 바람에 도무지 먹을 수가 없었어. 나는 더는 참을 수가 없어서, 쉴 수 있는 방으로 안내해 달라고 조지프에게 말했어.

그랬더니 이 집에는 거처할 만한 방이 없고 하는 거야. 나는 너무나 화가 나서 음식을 쟁반째 마룻바닥에 던져 버리고 계단 꼭대기에 주저앉아 울음을 터뜨렸어.

"히스크리프가 그런 성질을 그냥 보고만 있을 줄 아시오?"

조지프 영감은 이렇게 말하면서 나를 어떤 방으로 데리고 갔어.

그런데 그곳에서 난롯가의 의자에 앉아 졸다가 잠이 들어 버렸나 봐. 히스클리프가 깨우는 소리에 눈을 떴거든.

그는 내게 상냥한 어투로 뭘 하고 있느냐고 물었어. 나는 밤이 깊도록 잠을 잘 수 없었던 이유를 말해 주었지. 우리 방의 열쇠가 없었기 때문이라고 했더니, '우리'라는 단어가 그의 신경을 건드렸나 봐.

그는 그 방은 절대로 '우리 방'이 아니며, 앞으로도 영원히 '우리 방'이 될 수 없다면서 마구 화를 냈어.

아무튼 그는 내가 정떨어져서 진저리를 치게 만드는데, 그렇게 교묘하고 끈질길 수가 없어. 나는 때로는 두려움도 잊고 감탄하곤 해.

그러나 확실한 것은 호랑이나 독사라도 히스클리프보다는 무섭지 않다는 거야.

그는 캐서린 언니가 병이 났다는 얘기를 전하면서, 에드거 오빠 때문이라고 마구 비난했어. 그리고 자기가 오빠를 손아

귀에 넣을 때까지는 내가 대신 고통을 받아야 한다고 했어.

나는 그이가 정말로 밉고 싫어. 비참한 일이지. 나는 정말 바보였어.

넬리, 절대로 누구에게도 이런 말을 하면 안 돼.

나는 넬리가 오기를 매일매일 기다릴 거야. 제발 나를 실망시키지 말아 줘.

넬리, 부탁이야!

– 이사벨라

저는 편지를 읽자마자 곧바로 에드거에게 편지가 왔다는 걸 알렸어요. 이사벨라는 워더링 하이츠에 머물고 있고, 오빠가 자신을 용서해 주길 바란다는 말도 전했지요.

"용서라니! 넬리, 오늘 당장이라도 워더링 하이츠에 찾아가서 전해요! 화나지 않았으며, 단지 누이동생을 잃은 것을 안타까워할 뿐이라고. 이사벨라가 행복하리라고 생각하지 않기 때문에 더욱 불쌍하게 생각하고 있다고……. 하지만 우리 둘은 영원히 헤어졌으니까, 난 그 애를 만난다는 것을 생각조차 할 수 없어. 진심으로 나를 생각한다면, 남편으로 맞은 그 악당을 설득해서 이 고장을 떠나라고 전해 주게."

"그렇다면 짤막한 편지라도……."

"아니, 그런 건 모두 소용없는 짓이야. 내가 히스클리프의 가족과 편지를 주고받는 것은 절대 있을 수 없는 일이니까."

저는 어쩔 수 없이 빈손으로 워더링 하이츠로 무거운 발걸음을 옮겼지요. 이사벨라는 제가 오기를 기다리고 있었던지 창밖을 내다보고 있더군요. 제가 고개를 숙여 인사를 했지만, 그녀는 남의 눈이 무서웠는지 몸을 얼른 피했어요.

저는 노크도 하지 않고 안으로 들어갔어요. 옛날에는 그렇게도 밝고 명랑했던 집이 말로 다 할 수 없을 정도로 음침하고 어두운 느낌을 주었어요.

이사벨라는 불과 두 달 만에 몹시 수척해진데다 주위에 만연된 게으름에 물들어 있었어요. 아름답던 모습은 어디론가 사라져 창백하고 기운이 없어 보였고, 머리카락은 아무렇게나 돌돌 감아올려져 있었는데 몇 가닥은 흐트러진 채로 흘러내리고 있었어요.

반대로 히스클리프는 탁자 앞에 앉아서 지갑 속의 서류를 뒤적이고 있었는데, 무척 점잖고 신사다운 모습이더군요.

히스클리프가 저에게 어떻게 지내냐고 물으면서 자리를 권했어요.

이사벨라는 저를 무척이나 반기며, 기다렸던 편지를 받으려고 한 손을 내밀었지요.

저는 고개를 떨어뜨렸지만, 이사벨라는 그 뜻을 알아채지 못하고 오빠의 답장을 달라고 귓속말로 속삭였어요.

그러자 히스클리프가 이사벨라의 행동이 의미하는 것을 눈치채고 말했어요.

"넬리, 이사벨라에게 뭔가 줄 것을 가져왔거든 어서 전해 주도록 해."

"아니요, 아무것도 갖고 오지 않았어요. 주인어른은 이사벨라 아가씨의 행복을 빌고 계시며, 용서한다고 하셨어요. 하지만 이 집과의 왕래는 부질없는 짓이니, 앞으로는 양가의 관계를 끊어야 한다고 생각하고 계세요."

이사벨라는 입술을 가늘게 떨며, 말없이 창가 의자로 걸어가 앉았어요.

히스클리프는 제 옆으로 와서 캐서린에 대해 이것저것 물어보았어요.

"나를 캐서린과 만나게 해 줘."

"그 일만은 제가 해 드릴 수 없어요. 마님은 당신에 대해 거의 잊으셨거든요. 새삼스레 생각나게 해서 소란을 일으키거나, 겨우 회복된 건강을 해치고 싶진 않아요."

"캐서린이 날 잊었다고? 캐서린의 입으로 직접 듣기 전에는 믿을 수 없어. 에드거가 사랑하는 것은 내가 단 하루 동안 사랑하는 것보다도 못 해."

옆에서 듣고 있던 이사벨라가 흥분하며 소리를 질렀어요.

"그 두 사람은 어떤 연인들 못지않게 서로 사랑해요. 오빠를 욕하면 저도 가만히 듣고만 있지 않겠어요."

"어련하겠어. 꽤나 귀여워하던 동생을 지금은 내동댕이쳤는데."

"이사벨라 아가씨가 많이 수척해지셨군요."

제가 중간에 끼어들어 말했지요. 그러자 히스클리프는 이사벨라를 비난하기 시작했어요.

"결혼한 이튿날 아침부터 친정으로 가고 싶다고 찔끔거리질 않나……. 가고 싶으면 가라고 해! 오히려 짐만 돼. 스스로 뛰쳐나와 놓고는……."

"아니야, 이 사람 말은 거짓말이야. 넬리, 이런 얘기는 오빠에게 하지 말아요. 이 사람은 이런 얘기로 오빠를 괴롭히고 싶어하니까."

이사벨라가 흥분해서 소리를 지르자, 히스클리프는 이사벨라를 방에서 끌어내며 말했어요.

"여보, 당신 말 믿어도 되오? 정말 당신은 나를 미워하고 있소? 혼자 내버려 두어도, 이제는 응석을 부리며 품에 파고들지 않을 거요?"

히스클리프의 말에 이사벨라는 당황해 하며 아무 말도 하지 못하더군요.

"2층으로 가 있어. 난 넬리와 할 얘기가 있으니까."

히스클리프는 이사벨라를 거칠게 밀어낸 다음 뒤돌아서면서 투덜댔어요.

"인정사정 봐줄 것 없어. 벌레는 꿈틀거릴수록 더 짓밟고 싶어진단 말이야."

"인정이 뭔지 알기나 해요?"

저는 서둘러 모자를 쓰며 말했어요.

"아직 가지 마. 자, 이리 좀 와 봐. 넬리, 말로 안 되면 힘을 써서라도 자네가 캐시를 만나려는 내 결심을 도와주도록 만들겠네. 어젯밤에도 몰래 들어가서 여섯 시간 동안이나 그 집 뜰에 서 있었네. 오늘 밤에 또 갈 걸세. 나는 매일 밤 갈 생각이네. 내가 신호를 보낼 테니까, 캐시 방에 아무도 없을 때 나를 들여보내 주고, 내가 나올 때까지 망만 보면 돼."

이사벨라가 방에서 나가자, 히스클리프는 자신과 캐서린을 만나게 해 달라고 간절히 부탁했어요.

"마님은 작은 일에도 깜짝깜짝 놀라십니다. 신경이 매우 날카로워져서, 당신이 불쑥 찾아가면 분명히 충격을 받을 거예요. 자꾸 고집을 부리면 당신의 계획을 주인어른께 알리겠어요!"

"그렇다면 하는 수 없지. 날 도와주지 않으면 자넨 내일 아침까지 워더링 하이츠에서 나가지 못할 걸세. 그러니 자네가 캐시에게 미리 말해 주게. 내가 가도 괜찮으냐고 물어보란 말이야. 아니면 이 편지를 전해 주든지……."

히스클리프는 위협적으로 눈을 부라리며 캐서린에게 줄 편지를 제 손에 쥐어 주었어요.

저는 몇 번이나 거절했지요. 하지만 더는 어쩔 수 없어서, 히스클리프의 편지를 캐서린에게 전하고 만일 캐서린이 허락한다면 에드거가 집을 비우는 때를 알려 주기로 약속했어요. 그리고 무거운 발걸음으로 워더링 하이츠를 나와 드러시크로스 저택으로 돌아왔지요.

하지만 저는 히스클리프의 편지를 캐서린에게 전해 주기까지 참으로 많은 갈등을 겪어야만 했어요.

제가 워더링 하이츠에 다녀온 날 밤, 히스클리프가 집 앞에 와 있다는 것을 알고 있었어요. 그러나 아직 편지를 전하지 않은 상태라 협박을 받지 않으려고 밖으로 나가는 것을 피했지요.

저는 편지를 받고 캐서린이 어떤 반응을 보일지 알 수 없었기 때문에 에드거가 외출하기 전에는 그 편지를 전하지 않으리라 마음먹었어요. 그러다 보니 사흘이 지나도록 편지를 전하지 못했지요.

나흘째 되는 날은 일요일이었는데, 식구들이 전부 교회에 가자 그제야 편지를 가지고 캐서린의 방인 2층으로 올라갔어요.

 흰 옷을 입은 캐서린은 창문을 활짝 열어 놓은 창가에 앉아 있더군요. 저는 캐서린의 무릎 위에 있는 손에 살그머니 편지를 쥐어 주었어요.

 "마님, 편지예요. 봉투를 뜯어 드릴까요?"

 "그래."

 "자, 읽어 보세요. 제가 읽어 드릴까요? 히스클리프 씨 편지인데……."

 히스클리프란 말에 캐서린은 깜짝 놀라더니, 애써 기억을 더듬느라 고심하는 눈치였어요.

 잠시 뒤 편지를 골똘히 들여다보던 캐서린이 한숨을 내쉬었어요. 그런데 캐서린은 편지의 내용을 파악하지 못한 것 같았어요. 제가 답변을 달라고 말해도, 히스클리프의 이름을 가리키며 슬프고 의심스러운 눈빛으로 저를 물끄러미 바라보기만 했으니까요.

 "그분이 마님을 만나고 싶어 합니다."

 제가 말을 마친 그때, 문밖에서 발소리가 들려왔어요. 놀라서 뒤를 돌아보니 히스클리프가 성큼성큼 들어오고 있는 게 아니겠어요? 활짝 열어젖혀진 창문을 보고, 제가 약속을 지키지 않은 줄 알고 마음대로 들어온 것이었지요.

그는 한마디 말도 없이 곧장 다가와 캐서린을 와락 껴안더니, 키스를 퍼부었어요. 사실 먼저 키스한 건 캐서린이었는데, 저는 히스클리프가 가눌 길 없는 괴로움으로 캐서린을 똑바로 쳐다보지 못하는 것을 분명히 보았어요. 그런 그의 눈에서는 금방이라도 눈물이 뚝뚝 떨어질 것만 같았지요.

"오, 캐시! 오, 나의 생명! 나는 어쩌란 말이야?"

그 순간 캐서린이 몸을 뒤로 젖히면서 얼굴을 찌푸렸어요. 그러더니 히스클리프의 눈을 빤히 쳐다보며 언짢은 듯이 말했어요.

"이제 와서 어쩌겠다는 거예요. 당신과 에드거는 내 가슴에 못을 박았어요. 당신들은 이미 날 죽였다고요."

히스클리프는 캐서린을 안기 위해 꿇었던 한쪽 무릎을 세우려고 했지만, 캐서린은 그의 머리카락을 움켜쥐며 일어서지 못하게 막았어요.

"이렇게 당신을 안은 채 같이 죽어 버렸으면 좋겠어요! 내가 괴로우면 당신도 그만큼 괴로워야 해요. 당신은 나를 잊어버리겠죠? 내가 땅에 묻힌 후에도 당신은 행복하겠죠? '저건 캐서린 언쇼의 무덤이야. 나는 그 옛날 그녀를 사랑했었지. 그녀를 잃어서 슬퍼했지만 그건 이미 지나간 옛일이야.' 하고 말하겠지요."

"나를 들볶아 당신처럼 미쳐 버리게 할 셈이야?"

히스클리프가 붙잡혔던 머리를 빼고 이를 갈며 외쳤어요.

"당신이 한 말이 모두 내 머릿속에 박혀서, 당신이 죽은 후에도 영원히 각인되리라는 것을 모르겠어?"

"나 역시 편안히 잠들 수는 없을 거예요. 당신이 나보다 더 괴로워하길 바라지 않아요. 다만 우리가 다시는 헤어지지 않기를 바랄 뿐이에요. 이리 가까이 와요, 제발!"

히스클리프가 격렬하게 캐서린을 끌어안았어요. 두 사람의 포옹이 너무도 격렬했기 때문에 캐서린이 죽어 버리는 것이 아닌가 하는 생각이 들 정도였지요.

히스클리프는 캐서린을 어루만지면서 말했어요.

"당신은 어째서 자신의 마음을 속였지? 왜 나를 멀리한 거야?"

"그만해요. 그 벌로 나는 지금 죽어 가고 있잖아요. 그렇지만 당신도 나를 버리고 달아났어요. 그러나 당신을 용서할게요. 그러니 당신도 나를 용서해 줘요."

"난 당신을 용서해. 그렇지만 나를 죽인 자를 사랑할 수는 있어도 당신을 죽인 자는 도저히 용서 못해."

두 사람은 꼭 껴안은 채로 눈물로 범벅된 얼굴을 서로 비벼 댔어요.

저는 걱정이 되기 시작했어요. 시간이 한참 지나서 교회의 예배가 끝났는지, 창밖으로 사람들이 쏟아져 나오는 것이 보였기 때문이었지요.

"예배가 끝났군요. 곧 주인어른이 오실 겁니다."

그러나 히스클리프는 더욱 힘껏 캐서린을 껴안았어요.

잠시 뒤, 하인들과 에드거가 돌아오는 게 보였어요.

"주인어른이 돌아오셨어요. 빨리 나가 주세요. 앞 계단으로 가면 아무도 눈치채지 못할 거예요. 빨리요!"

"캐시, 이만 가야 하오. 당신이 잠들기 전에 다시 올게."

"가지 마요!"

"한 시간만 기다려 줘."

"일 분이라도 싫어요. 이게 마지막이란 말이에요. 에드거도 우리를 어떻게 하진 않을 거예요."

"알았어, 캐서린. 난 여기 있을게. 에드거의 총에 맞아 죽어도 좋아."

두 사람은 또다시 맹렬하게 껴안았어요. 계단을 올라오는 에드거의 발소리가 들려왔지요. 저는 이마에 식은땀을 흘리며 완전히 겁에 질려 있었답니다.

"마님은 지금 제정신이 아니에요. 헛소리를 계속 듣고 있을 건가요? 어서 일어나서 나가세요! 모두를 망쳐 놓을 셈이 아니라면……."

다급해진 제가 소리를 질렀어요. 그 소리를 듣고 에드거가 급하게 뛰어 들어왔어요.

캐서린은 그때 고개를 수그린 채 축 늘어져 있었어요. 저는 캐서린이 세상을 뜬 게 아닌가 하는 불길한 생각이 들었지요.

에드거는 불청객을 보자 놀라움과 분노로 새파랗게 질려 히스클리프에게 달려들었어요.

그러나 히스클리프가 죽은 듯이 늘어진 캐서린을 에드거의 팔에 안겨주며 말했어요.

"이것 봐! 당신이 악마가 아니라면 먼저 캐서린을 살려 놓고 나서, 그다음에 나에게 따져도 늦지 않아!"

히스클리프는 거실로 나가 의자에 털썩 주저앉았어요. 주인 어른과 제가 무진 애를 쓴 끝에 겨우 캐서린의 의식이 돌아왔어요. 그러나 캐서린은 갈피를 잡지 못할 만큼 혼란스러워했고, 신음만 내뱉을 뿐 아무도 알아보지 못했어요.

저는 캐서린이 의식을 차렸다고 히스클리프에게 알리고 나서, 오늘 밤의 상태는 내일 아침에 전해 주겠다고 하면서 돌아가 달라고 부탁했어요.

"넬리, 내일 아침 약속을 잊지 말아 줘. 저 낙엽송 아래에서 기다릴 테니까. 약속을 어기면 저 녀석이 있든 없든 또 오겠어."

그날 밤 열두 시쯤, 캐서린은 귀여운 딸을 낳았어요. 일곱 달 만에 태어난 아주 작고 허약한 아기였지요. 그러나 두 시간 뒤, 캐서린은 끝내 숨을 거두고 말았어요.

캐서린이 죽은 뒤, 슬퍼하는 에드거의 모습은 너무나 애처로워 차마 볼 수가 없었어요.

사랑하는 아내가 어린 아기를 남기고 죽은 데다, 돌아가신 에드거의 아버지가 앞으로 태어날 손녀 대신 이사벨라에게 유산을 모두 넘겨주었기 때문에 불행이 한층 더 커졌지요.

다음날, 새벽에 저는 히스클리프를 만나러 밖으로 나갔어요. 제가 다가가자 그가 눈을 치켜뜨며 물었어요.

"캐시가 죽었나? 그 소식을 듣기 위해 기다린 건 아니었는데……."

저는 캐서린뿐 아니라 히스클리프를 위해서도 눈물을 흘렸어요. 히스클리프의 얼굴을 보는 순간, 이 사람은 벌써 캐서린의 죽음을 알고 있었구나 하는 생각이 들었거든요.

"그래요, 돌아가셨어요."

"캐서린이 죽을 때의 모습은 어땠어?"

"어린 양처럼 편안히 숨을 거두셨어요. 아기가 잠이 깼다가 다시 잠들 때처럼 기지개를 켰지요. 그리고 5분 후, 심장이 한 번 힘없이 뛰더니 그만 멎어 버렸어요."

"나에 대한 얘기를 하진 않았어?"

"당신이 나간 뒤, 아무도 알아보지 못했어요. 하지만 얼굴에는 평화로운 미소가 어려 있었어요."

"아, 미칠 것 같아. 더는 못 견디겠어! 이제 이 세상에 살아 있을 이유가 없어. 캐시가 없으면 난 살 수가 없다고!"

히스클리프는 나무줄기를 머리로 들이받으며 몸부림쳤고, 나무는 곧 피로 물들었어요.

저는 그런 히스클리프를 그대로 둔 채 돌아설 수가 없어 망설이고 있었어요. 그런데 잠시 뒤 정신이 돌아온 히스클리프가 제게 꺼져 버리라고 소리를 질러서, 저는 재빨리 들어와 버렸지요.

캐서린의 장례식은 금요일에 치르기로 했는데, 에드거는 잠도 자지 않고 밤낮으로 관 옆에 앉아 있었어요.

히스클리프도 어둠이 깔리면 뜰에 와서 밤새도록 서 있었어요. 연인과 마지막 작별을 나눌 기회를 노리고 있었던 거지요.

히스클리프는 에드거가 잠시 자리를 비운 사이에 아무도 눈치채지 못하게 캐서린의 관으로 다가가, 캐서린의 목에 걸려 있는 작은 상자를 열고 그녀의 머리카락을 꺼낸 다음 대신 자기의 검은 머리카락을 넣어 두었어요.

저는 그것을 알아채곤 양쪽을 모아 한데 꼬아서 넣어 주었지요.

힌들리에게도 캐서린의 죽음을 알렸지만, 아무 연락도 없이 오지 않았어요. 문상객이라고는 모두 소작인과 하인뿐이었어요. 이사벨라에게는 아예 알리지도 않았고요.

캐서린은 교회 묘지 한구석의 푸른 언덕배기에 묻혔어요. 린튼가의 묘지에 묻히고 싶지 않다던 캐서린의 말을 에드거가 들어주었던 거지요.

지금은 에드거도 그곳에 묻혀 있고, 초라한 비석과 수수한 묘비만이 그 밑에 무덤이 있다는 것을 나타내고 있지요.

힌들리의 죽음

화창한 날씨가 계속되다가 갑자기 바람이 남풍에서 북서풍으로 변했고, 처음에는 비가 오기 시작하더니 나중에는 진눈깨비와 눈으로 변해 버린 날이었어요. 여름이 지나고 3주일이 지났다고는 생각할 수 없을 정도로 무척 추웠지요.

캐서린이 세상을 떠나고, 에드거는 방에서 나오는 일이 거의 없었어요. 그날도 저는 텅 빈 거실에서 계속 울어 대는 아기를 흔들어 주면서, 커튼이 없는 창문을 통해 가만히 날아와 쌓이는 눈송이를 물끄러미 바라보고 있었지요.

그때 갑자기 문이 열리더니, 누군가가 헐떡이며 들어와 웃는 소리가 들렸어요. 저는 틀림없이 어린 하녀일 거라고 생각하고 소리를 버럭 질렀지요.

"무슨 짓이야! 어쩌자고 그렇게 까부는 거냐? 주인어른께서 들으시면 어떡하려고."

"미안해."

귀에 익은 목소리여서 깜짝 놀라 뒤를 돌아보았어요. 다름 아닌 이사벨라였어요.

"오빠는 주무시고 있겠지? 난 웃음이 나와서 견딜 수가 없어. 워더링 하이츠에서부터 계속 뛰어왔어. 자세한 이야기는 나중에 하고, 기머튼에 데려다 줄 마차와 내 옷장에서 옷가지 몇 벌만 준비해 줘."

이사벨라는 웃고 있었지만, 입고 있는 옷은 얇은 데다 흠뻑 젖어서 몸에 찰싹 붙어 있었고, 발에는 슬리퍼만을 신고 있었어요. 거기다가 한쪽 귀밑에는 깊은 상처가 나 있었고, 그냥 서 있는 것조차도 힘들어 보였지요.

저는 서둘러서 마차를 준비하고, 상처를 치료한 다음 차를 권했어요. 이사벨라는 좀 진정이 되었는지 다시 말을 꺼냈어요.

"넬리, 내 얘기 좀 들어 봐. 불쌍한 캐서린 언니의 아기는 보기 싫으니까 저쪽에 눕혀 놓고. 싸우고 화해도 못한 채로 언니가 죽어 버려서 얼마나 속상한지 몰라. 연락이 없어서, 난 장례식에도 참석하지 못했다고. 그건 그렇다 치더라도 그 남자, 그

짐승 같은 남자에게는 동정심이 일지 않아. 내가 지니고 있는 그 남자의 물건이라고는 이것이 전부야."

그러면서 이사벨라는 끼고 있던 금반지를 난롯불 속에 집어 넣었어요.

"이런 것은 없애 버려야 돼. 그리고 아무도 모르는 곳으로 가 버릴 거야. 그 인간이 나를 찾으러 와서 오빠를 괴롭힐 테니, 빨리 떠나야 해."

"그만하세요. 힘들겠지만 좀 더 너그럽게 생각하세요."

"아니야. 그 남자는 인간이 아니야. 난 그에게 마음을 바쳤는데, 그 남자는 그것을 이용하고 무참히 짓밟았어. 사랑이란 마음으로 느끼는 건데, 나는 이제 그 마음을 죽여 버렸다고. 그 남자가 캐서린 언니 생각에 피눈물을 흘리더라도, 나는 절대로 가엾게 여기지 않을 거야."

이렇게 말하면서 이사벨라는 울기 시작했어요. 한참을 울고 나더니 눈물을 닦으면서 지난밤에 있었던 일을 이야기하더군요.

글쎄, 힌들리가 술에 잔뜩 취해서 히스클리프를 기다리고 있다가 밤늦게 돌아온 히스클리프를 향해 칼날이 꽂힌 권총을 쏘아 댔대요. 말리려고 했지만 도무지 당해 낼 수가 없었다더군요. 그런데 권총의 칼날은 도리어 힌들리의 손목에 박혀 버렸고, 그와 동시에 힌들리는 히스클리프에게 마구 걷어차이고 짓밟혔다는 거예요.

그때 이사벨라는 히스클리프가 마치 악마처럼 보였대요.

또 그날 아침에 식사하러 내려가 보니 힌들리와 히스클리프
는 식사는 거들떠보지도 않은 채 서로 언짢은 얼굴로 벽난로 곁
에 몸을 기대고 있었답니다.

이사벨라는 식사를 마친 후, 힌들리에게 다가가 몸 상태를 물
으며 그의 편을 들어 위로했대요.

그런데 힌들리가 히스클리프에게 대항하려는 듯 일어났지만
힘이 없어서 그랬는지 다시 털썩 주저앉았고, 이사벨라가 힌들
리에게 큰 소리로 외쳤답니다.

"히스클리프만 없었다면, 캐서린은 아직 살아 있을 거예요.
당신의 혈육을 죽인 건 바로 히스클리프예요!"

히스클리프가 그 말을 듣고 화를 낼 줄 알았는데, 아무 말 없
이 눈물만 뚝뚝 떨어뜨리더랍니다. 그러다가 소리를 버럭 지르
며 이사벨라에게 꺼져 버리라고 했대요.

이사벨라가 힌들리를 돌보아야 한다는 이유로 안 나가겠다
고 하자, 탁자 위에 있는 칼을 집어 던졌고, 그게 귀밑에 맞아 상
처가 생겼다고 하더군요.

그리고 그 길로 곧장 이 저택까지 뛰어온 것이랍니다.

이야기를 마친 이사벨라는 벽에 걸린 에드거와 캐서린의 초

상화에 키스를 했어요. 그리고 저한테도 작별 인사를 한 뒤 마차에 몸을 실었고, 두 번 다시 고향 땅을 밟지 않았어요.

이사벨라가 자리 잡은 곳은 런던 근처였는데, 도망간 지 몇 달 뒤에 사내아이를 낳았어요. 히스클리프의 손아귀에서 벗어날 때까지 자신도 임신 사실을 몰랐던 것 같아요.

이사벨라는 그 아이의 이름을 린튼이라 지었는데, 병약하고 좀 신경질적인 아이였다고 하더군요.

어느 날 숲 속 오솔길에서 저는 히스클리프를 만났는데, 그때 이사벨라와 아들에 대해 묻더군요. 저는 알려 주지 않았지요. 그러자 이사벨라가 친정 오빠인 에드거의 집에 오는 것만은 조심해야 할 거라고 으름장을 놓더군요. 자기가 혼자 아이를 키우는 한이 있더라도, 에드거의 집에 살게 할 수는 없다는 것이었어요.

저는 아무 말을 하지 않았지만, 다른 하인에게 들어서 이사벨라의 근황에 대해 어느 정도는 알고 있다는 생각이 들더군요.

"넬리, 내 아들의 이름이 뭐지?"

"린튼이에요."

"린튼? 내가 그 아이를 미워하길 바라고 지은 이름인가 보지?"

"당신이 그 아이에 대해 아무것도 모르시기를 바랄 겁니다."

"아니! 마음이 내키면 내 아들을 찾을 거야. 그 점은 기억해 두는 편이 좋을 걸세."

이사벨라가 갑자기 다녀간 그 다음날까지도 저는 그 사실을 에드거에게 말할 기회가 없었어요. 그분은 통 말이 없었고, 아무것도 이야기하고 싶지 않은 상태인 것 같았거든요.

제가 이사벨라 소식을 전하자, 그분은 누이동생이 도망친 것을 잘된 일로 생각하는 것 같았어요. 유순한 그 성품으로 보아서는 믿기지 않을 정도로 히스클리프를 증오했거든요.

에드거는 캐서린을 잃고 나서 세상과 인연을 끊다시피 했어요. 치안 판사 일도 내던졌고 교회에 나가는 것조차 그만두었으니까요. 정원과 동산 안에서 은둔 생활을 하다가, 저녁 시간이나 아무도 나다니는 사람이 없는 이른 아침에 캐서린의 무덤에 다녀오는 것이 전부였지요.

그러나 다행스럽게도 사랑스러운 위안거리가 이 세상에 남아 있어서, 얼어붙은 마음이 눈 녹듯이 풀려 가는 것 같았어요.

아기의 이름을 어머니와 같은 '캐서린'이라고 지었는데, 에드거는 늘 '캐시'라고 부르면서 귀여워했어요. 어쩌면 아기의 이름을 부르면서 그녀의 어머니인 '캐서린'을 떠올렸을지도 모르지요.

에드거는 죽은 캐서린을 '캐시'라고 부른 적이 없었는데, 아마도 히스클리프가 죽은 캐서린을 캐시라는 애칭으로 불렀기 때문에 꺼렸던 것 같아요.

저는 가끔 에드거 린튼과 힌들리 언쇼를 비교해 보았어요. 두 사람은 서로 비슷한 처지였지만 행실은 정반대였지요. 둘 다 다정한 남편이었고 아이를 사랑하는 아버지였지만, 힌들리는 희망을 버렸고 에드거는 끝까지 희망을 놓지 않았기 때문이란 생각이 들더군요.

힌들리는 예상했던 대로였어요. 캐서린이 죽은 지 6개월도 채 못 되어서, 누이인 캐서린의 뒤를 따라 갔거든요.

세상을 떠나기 전의 상태에 대해 듣지 못했기 때문에, 제가 아는 것은 장례식 준비를 돕기 위해 워더링 하이츠에 갔을 때 들은 것이 전부예요.

의사인 케네스 선생님이 이른 아침에 그 소식을 전해 주러 이 집에 왔어요.

"힌들리 언쇼가 죽었어. 넬리와는 소꿉친구지?"

저는 그 얘기를 듣고 충격을 받았어요. 솔직히 캐서린이 죽었을 때보다 더 슬펐지요.

힌들리의 죽음은 제게 의문을 안겨 주었어요. 편안히 죽었는지, 혹시 살해된 것은 아닌가 하고 말이죠.

저는 에드거에게 힌들리의 장례식을 도우러 워더링 하이츠에 가도 되겠냐고 물었어요. 에드거는 썩 내켜 하지 않는 눈치였어요. 하지만 힌들리의 외로운 처지를 설명하고, 같은 젖을 먹고 자란 남매 같은 사이이니 꼭 갈 수 있게 해 달라고 간청하여 겨우 허락을 받았죠.

그리고 덧붙여서 힌들리의 아들 헤어튼은 가까운 친척도 없으니, 주인어른이 그 아이의 후견인이 되어 주어야 하지 않겠느냐며 넌지시 말을 꺼냈지요. 그랬더니 그 문제는 변호사와 상의해 보라고 하더군요.

제가 변호사에게 물어보았는데 힌들리는 알거지나 마찬가지이고, 오히려 빚이 있었기 때문에 헤어튼이 집에서 내쫓겨도 하소연할 곳이 없다고 했어요.

저는 워더링 하이츠로 갔어요. 슬픔에 빠져 쩔쩔매고 있던 조지프는 제가 가자 반가워하는 눈치였지만, 히스클리프는 달가워하지 않았지요.

"솔직히 저 녀석의 장례식 따위 치를 필요도 없어. 아무렇게나 묻어 줘도 충분해. 어제 오후에 저 녀석을 방에 둔 채 나는 십분쯤 밖에 나가 있었어. 그런데 그동안에 가족 거실의 양쪽 출입문을 닫아걸고 들여보내 주지 않는 거야. 죽을 셈이었는지 밤새도록 술타령을 하더군.

코를 고는 소리가 들리는 것 같아 아침에 문을 부수고 들어갔더니 소파 위에 누워 있었어. 아무리 흔들어도 잠에서 깨어날 기색이 없었어. 그래서 케네스 선생을 불렀지. 하지만 녀석은 이미 딱딱하게 굳어 있었어."

"저 양반이 의사를 부르러 갔어야 하는 건데! 저 양반보다야 내가 환자를 더 잘 간호했을 거야. 내가 의사를 부르러 갈 때까지만 해도 주인어른은 절대로 돌아가실 것 같지 않았다고."

조지프 영감이 나중에 나한테 이렇게 투덜대더군요.

저는 장례식을 법도대로 하지 않으면 안 된다고 우겼어요. 히스클리프는 마음대로 하라고 했지만, 비용은 자기 호주머니에서 나간다는 걸 명심하라고 하더군요.

저는 장례식을 마친 다음 헤어튼을 데리고 돌아오려고 했어요.

그런 저에게 히스클리프가 말했어요.

"난 헤어튼을 내줄 생각이 없어. 헤어튼은 내 거야. 이 아이를 꼭 데려가야겠다면, 그 대신 나도 내 자식을 데려오겠다고 전해 줘."

저택으로 돌아가서 제가 그 이야기를 했더니, 에드거는 처음부터 별로 내켜 하지 않던 터라 별로 간섭하지 않았어요.

이렇게 해서 히스클리프가 워더링 하이츠의 주인이 되어 버렸는데, 그는 확실한 소유권을 가지고 있었어요.

변호사가 증명하기를 힌들리가 노름 밑천을 마련하려고 자

기 소유의 땅을 모조리 저당 잡혔는데, 그 저당권자가 히스클리
프라는 것이었지요.

그 옛날 워더링 하이츠에 얹혀살던 고아가 이제 그곳의 주인
이 된 것이었어요.

그리하여 지금쯤 이 고장에서 제일가는 신사로 행세했을 헤
어튼은 자기 아버지의 원수에게 얹혀사는 신세로 전락하여, 품
삯도 받지 못하는 하인 노릇을 하고 있답니다.

또 다른 캐시와 린튼

그 음울한 시기가 지나고 12년 동안은 제 삶에서 가장 행복한 시절이었어요.

어린 캐시가 무럭무럭 자라서 어엿한 소녀가 되었어요. 검은 눈은 어머니를 그대로 닮고, 흰 피부와 금발은 주인어른을 닮아 아주 예쁘고 귀여웠어요.

성격은 명랑하면서도 거칠지 않았고, 마음씨가 다정다감했어요. 어머니인 캐서린을 연상시켰지만 그러면서도 닮지는 않았어요. 캐시는 비둘기처럼 부드럽고 온순했으며, 상냥한 목소리와 애수에 젖은 표정을 지니고 있었으니까요. 그러나 다소 건방졌고, 귀엽게 자란 아이들에게서 볼 수 있는 고집이 참으로 대단했어요.

캐시는 주인어른이 어쩌다가 눈짓으로라도 나무라는 기색을 보이면 몹시 슬픈 일이라도 당한 것처럼 난리를 쳤어요. 사실 주인어른은 캐시에게 엄하게 한 적이 한 번도 없었는데 말이에요.

주인어른은 캐시를 열세 살이 될 때까지 한 번도 저택 울타리 밖으로 내보내지 않았어요.

더구나 워더링 하이츠나 히스클리프 따위에 대해서는 입에 올린 적이 없었기에 캐시는 아무것도 몰랐지요.

그러던 어느 날, 런던에 있는 이사벨라에게서 편지가 왔어요. 4개월 전부터 심한 병을 앓고 있으니, 오빠에게 와 달라고 간청하는 편지였어요. 오빠와 마지막 작별 인사를 나누고, 아들 린튼을 맡기고 싶다는 내용이었지요.

주인어른은 편지를 읽자마자 곧장 런던으로 떠날 준비를 했어요. 보통 때는 집 밖으로 나가는 걸 싫어했지만, 그때만은 날아갈 듯이 달려갔어요. 자신이 집을 떠나 있는 동안 캐시를 울타리 밖으로 나가지 말게 하라고 당부하면서 말이지요.

주인어른은 3주 정도 예정으로 길을 떠났어요. 캐시가 처음에는 책도 읽지 않고 놀지도 않으면서 툭 하면 화를 내기에, 저는 혼자서 놀게 하는 방법을 생각해 냈지요. 저택의 뜰을 돌아다니게 하는 일이었어요.

캐시는 자기 혼자서 돌아다니는 것이 매우 기뻤던 모양인지, 아침을 먹자마자 밖으로 나가서 차 마실 시간까지 계속 놀다 올 때가 많았어요. 저녁때가 되면 자기의 모험담을 들려주곤 했지요.

저는 캐시 혼자서 울타리 밖으로 나가는 일은 없을 거라 생각하며 마음을 놓았어요. 대문은 항상 잠겨 있었고, 혹시 문이 열려 있다 하더라도 캐시 혼자 밖으로 나가는 일은 없으리라 믿었지요.

그런데 어느 날 아침, 캐시가 제게 아라비아 상인 놀이를 할거라며 도시락을 싸 달라고 말했어요. 저는 맛있는 것을 잔뜩 준비해서 바구니에 넣고 안장 한쪽에 매달아 주었지요.

캐시는 낙타 대신 개 세 마리를 데리고 조랑말을 타고 밖으로 나갔어요. 그런데 그날은 차 마실 시간이 되어도 돌아오지 않는 것이었어요.

저는 린튼가의 정원을 샅샅이 찾아보았지만 캐시는 보이지 않았어요. 저는 울타리에서 일을 하고 있던 일꾼에게 캐시를 보지 못했느냐고 물어보았지요. 일꾼은 울타리 중 가장 낮은 곳을 뛰어넘어서 멀리 가 버렸다는 대답을 들려주더군요.

저는 소리를 크게 지르며 울타리를 벗어나서 큰길로 나가 보았어요. 몇 마일을 조급히 걸어서 워더링 하이츠가 바라보이는 모퉁이까지 갔을 때, 캐시가 데리고 간 사냥개 중 한 마리가 귀에서 피를 흘리며 저택 창 밑에 길게 누워 있는 것이 보였어요.

저는 워더링 하이츠의 문을 두드렸어요. 그러자 얼마 전에 하녀로 들어온 낯익은 여자가 나왔어요.

"아가씨를 찾아왔군요. 걱정 마세요. 여기서 얌전히 놀고 계시니까요."

"히스클리프 씨는 없나요?"

"안 계세요. 조지프도 나갔어요. 들어와서 잠시 쉬었다 가세요."

안으로 들어가 보니 캐시는 헤어튼과 즐거운 듯이 놀고 있었어요.

헤어튼은 그 사이 열여덟 살이 되어 있었죠. 제대로 교육을 받지 않아 거칠기는 했지만, 무척 건장하고 잘생긴 모습이었어요.

"아가씨, 지금 뭘 하고 있는 거예요? 아버지가 울타리 밖으로 나가면 안 된다고 하셨잖아요."

"나는 아무 짓도 안 했어."

캐시가 말하자, 옆에 있던 하녀가 말했어요.

"아가씨를 꾸짖지 마세요. 우리가 집 안으로 불러들였으니까요."

헤어튼은 아무 말도 없이, 제가 온 걸 달가워하지 않는 눈치로 저를 쳐다보았어요. 저는 하녀의 참견에는 아랑곳하지 않고 캐시를 재촉했지요.

"자, 빨리 돌아가야 해요. 이 집이 누구 집인 줄 알면, 빨리 나가고 싶어질 거예요."

"여기는 헤어튼 아버지의 집이지?"

"아니야."

캐시가 헤어튼에게 묻자, 헤어튼이 부끄러운 듯 얼굴을 붉히며 대답했어요.

"넬리, 헤어튼은 이 집 주인의 아들이 아니야? 나한테 아가씨라고 부르지 않았는데? 하인이라면 당연히 그렇게 불렀어야 하는데 말이야. 안 그래?"

캐시의 말에 헤어튼이 얼굴을 찡그렸어요.

그러자 캐시가 헤어튼에게 명령하듯 말했어요.

"돌아가겠어. 내 말을 준비해 줘."

"아가씨, 헤어튼은 이 집 주인의 아들은 아니지만, 아가씨와는 사촌이에요. 아가씨의 시중을 들라고 고용된 사람도 아니고요."

캐시가 하는 행동을 보고, 옆에 있던 하녀가 말했어요.

"저 사람이 내 사촌이라고? 넬리, 저런 말을 하도록 가만히 두지 말고 뭐라고 좀 해!"

캐시는 그 말에 화를 냈어요. 무례하고 시골뜨기 같은 사람을 사촌이라고 하니 몹시 자존심이 상했던 모양이었어요.

그날 밤, 저는 캐시에게 워더링 하이츠와 그곳 사람들에 대해 자세히 이야기해 주었어요.

주인어른이 얼마나 워더링 하이츠의 식구들을 싫어하는지, 그리고 캐시가 그곳에 다녀왔다는 것을 알게 되면 얼마나 노할 것인지를 설명해 주었지요. 그리고 제가 주인어른의 분부를 지키지 않았기 때문에 몹시 화를 내면서 저를 쫓아낼지도 모른다는 점을 강조했어요.

캐시는 제가 나간다는 것을 생각만 해도 견디기 힘들었는지 절대 말하지 않겠다고 맹세했지요.

며칠이 지나 에드거한테서 편지가 왔어요. 이사벨라가 세상을 떠났으며, 조카를 데리고 돌아온다는 내용이었어요.

에드거는 캐시에게 상복을 입히고, 어린 조카를 위해 방 하나를 치워 놓으라는 등 여러 가지를 당부했어요.

캐시는 린튼이 온다는 소식에 누구보다도 좋아하며 기다리더군요.

두 사람이 도착한다는 날, 멀리서 마차 소리가 들려오자 캐시는 벌떡 일어나더니 뛰어나갔어요. 캐시가 손을 흔들면서 달려가자, 에드거도 마차에서 내려 딸을 힘껏 끌어안았지요.

저는 함께 온 린튼이 궁금하여 마차 안을 살펴보았어요. 마차

안에는 한여름인데도 겨울 외투를 걸친 창백한 소년이 깊이 잠들어 있었어요.

"네 사촌동생은 어머니가 돌아가신 지 얼마 되지 않아서 기운이 없단다. 몸도 튼튼하지 못해. 오늘 밤만이라도 그냥 푹 자게 가만히 내버려 두는 것이 좋을 거야, 알았지?"

"네, 하지만 빨리 보고 싶어요. 그 앤 아직 한 번도 밖을 내다보지 않았거든요."

에드거가 린튼을 살짝 깨워 마차에서 내려 주었어요.

"린튼, 얘가 바로 너의 사촌 캐시란다."

에드거는 두 아이의 손을 마주 잡게 했어요.

하지만 린튼은 자고 싶다고 신경질을 내면서 캐시의 인사도 받아 주지 않은 채 서재로 올라갔어요.

캐시는 처음에는 린튼의 행동에 주춤거리면서 쉽게 다가가지 못하다가, 곧 귀여운 아기를 대하듯 그의 뺨에 입을 맞추기도 하고 음식을 먹이기도 하면서 잘 지냈어요.

"저만하면 됐어. 우리가 저 아이와 함께 살 수 있다면 말일세. 같은 또래의 아이와 놀다 보면 곧 새로운 기운을 얻게 되고, 건강해질 거야."

두 아이를 지켜보던 에드거가 말했지요.

그런데 우리의 불안은 예상했던 것보다 훨씬 빨리 현실로 나

타났어요. 그날 밤 린튼이 잠드는 것을 지켜보고 있다가 아래층으로 내려오는데, 하녀가 들어와서 히스클리프의 하인 조지프가 주인어른한테 전할 얘기가 있다면서 문간에서 기다리고 있다고 하는 거예요.

"안녕하세요, 조지프. 무슨 일로 오셨어요?"

"린튼 씨에게 드릴 말씀이 있어."

"주인어른은 잠자리에 드셨어요. 특별히 중요한 얘기가 아니라면 오늘 밤엔 만나지 않으실 거예요. 무슨 용건인지 저한테 전하세요."

"어느 방에 계신가?"

조지프는 닫힌 방문을 쭉 살펴보았어요.

제가 에드거의 서재로 들어가자, 말릴 새도 없이 조지프가 따라 들어와서 큰 소리로 말하기 시작했어요.

"히스클리프 씨가 아드님을 데려오라고 해서 왔습니다. 저는 도련님을 꼭 데리고 돌아가야만 합니다."

에드거는 한참 동안 말이 없었어요. 히스클리프 같은 사내한테 조카를 맡긴다는 것이 가슴 아팠지만, 붙잡아 둘 구실이 없었기 때문이지요.

"내일 린튼을 보내 주겠다고 히스클리프 씨에게 전해 주게."

에드거가 침착하게 말했어요.

"그건 안 됩니다. 저의 주인어른은 그 아이 어머니나 외삼촌 따위는 대수롭지 않게 생각하십니다. 자기 자식을 찾으시겠다는 것뿐이니, 저는 지금 아이를 데려가야 합니다. 아시겠습니까?"

조지프는 마치 빚을 받으러 온 사람처럼 너무도 당당하게 에드거를 다그쳤어요.

"오늘 밤엔 안 돼! 당장 달려가서 내가 한 말을 자네 주인에게 전하기나 하게. 넬리, 이 사람을 배웅해 드려요."

에드거도 강경하게 맞섰지요.

"어디 두고 봅시다. 내일 아침엔 히스클리프 씨가 직접 찾아오실 테니, 밀어낼 수 있으면 밀어내 보십시오."

조지프는 느릿느릿 내려가면서 소리쳤어요.

조지프의 협박이 현실로 나타나는 소란을 막기 위해, 저는 아침이 되자 어린 린튼을 깨워 워더링 하이츠로 데리고 갔어요.

"어머니는 한 번도 아버지가 계시다는 말씀을 하지 않았어. 그분은 어디 계시는데? 난 외삼촌과 함께 여기에서 살고 싶은데……."

"아버지는 이곳에서 얼마 떨어지지 않은 곳에 사세요. 바로 저 언덕 너머에요."

"우리 아버지는 어떻게 생긴 분이야? 외삼촌만큼 젊고 잘생겼어?"

"나이는 비슷하지만, 머리와 눈이 검고 더 엄해 보이시죠. 아마 처음에는 외삼촌만큼 부드럽고 친절해 보이시지 않을 거예요. 성격이 다르시니까요. 하지만 아버지에게는 마음을 터놓고 진심으로 대하셔야 해요. 그러면 그분도 도련님을 사랑하실 거예요. 도련님은 그분의 아드님이시니까요."

"머리와 눈이 검다고? 난 도저히 상상할 수가 없어. 그렇다면 나는 아버지를 닮지 않았어?"

"네, 별로 닮지 않으셨어요."

린튼의 눈은 어머니의 눈과 매우 흡사했는데, 병적인 과민성 때문인지 순간적으로 반짝일 때를 제외하고는 어머니의 눈에 넘치던 총기 같은 것을 찾아볼 수 없었지요.

"아버지가 어머니와 나를 한 번도 보러 오지 않았다는 것은 아무리 생각해도 이상해."

이렇게 중얼거린 린튼은 워더링 하이츠에 도착할 때까지 줄곧 생각에 잠겨 있었지요.

우리가 워더링 하이츠에 도착했을 때, 히스클리프는 아침 식사를 마치고 식탁에서 일어나려던 참이었어요.

"여어, 넬리!"

히스클리프는 린튼을 보려고 우리에게 가까이 다가왔어요.

"내가 직접 가서 아들놈을 데려와야 하나 보다 했더니, 자네가 데려왔군. 어디 쓸 만한가 좀 볼까."

린튼은 히스클리프를 보고 겁에 질렸는지, 저에게 매달려 훌쩍거리기 시작했어요.

히스클리프는 린튼을 거칠게 잡아당기면서 혀를 끌끌 차더니, 그의 모습을 자세히 살펴보며 물었어요.

"바보처럼 왜 울지? 린튼, 그게 네 이름이었지? 그런데 너는 그야말로 네 어미 자식이로구나! 나를 닮은 구석이 한 군데도 없군. 이 울보야, 내가 누군지 아니?"

"몰라요."

"그럼 이야기는 들었겠지?"

"아니요."

린튼은 히스클리프의 눈치를 보며 고개를 저었어요.

"네 엄마는 아버지에 대해 아무런 얘기도 안 해 주었냐? 나쁜 엄마로군. 너는 내 아들이다. 그러니까 앞으로 좋은 아들이 되어야 해."

히스클리프의 말에 제가 말했어요.

"이제 이 넓은 세상에서 피붙이라곤 도련님뿐이니 잘 돌봐 주세요."

"염려 마. 가정 교사도 부탁해 놨어. 얘는 린튼가의 주인이 될 테니까. 내 아들이 저택의 주인이 되어, 모든 토지의 당당한 주인이 되는 거야. 헤어튼에게도 이 애의 말을 잘 들어야 한다고 일러뒀지. 그런데 이렇게 울보에다 약골이라니, 실망이 이만저만이 아니야."

히스클리프는 린튼의 모습에 실망한 듯이 말했어요. 저는 까다로운 린튼에게 먹여야 할 음식을 알려 주고는, 더는 그 곳에 있을 구실이 없어지자 저택을 나섰지요.

"제발 나를 두고 가지 마. 난 여기 있기 싫단 말이야."

린튼이 울고불고하며 난리를 치자, 히스클리프가 린튼이 나가지 못하도록 붙들었어요. 그리고 이어서 문을 잠그는 소리가 들리더군요. 린튼을 밖으로 나오지 못하게 한 거죠.

저는 망아지에 올라타고 길을 재촉했어요. 그리하여 저의 짧았던 보호자 역할도 그날로 막을 내렸답니다.

두 사촌

린튼이 떠난 날, 캐시는 하루 종일 울어 댔어요. 사촌이 왔다고 좋아하면서 같이 놀려고 아침 일찍 일어났는데, 자고 일어나니 다른 곳으로 가 버렸기 때문이었죠.

그러나 며칠이 지나자, 캐시는 곧 린튼을 잊어버린 듯했어요.

저는 워더링 하이츠의 하녀를 만날 때마다 린튼에 대해 물어보았지요.

린튼은 늘 자기 방에만 틀어박혀 있었는데, 몸이 어찌나 약한지 한여름에도 난롯불을 피워야 했대요. 그런가 하면 조지프가 담배를 피우면 몸에 해롭다고 신경질을 냈기 때문에 모두들 힘들어 한다고 하더군요.

히스클리프도 날이 갈수록 린튼을 싫어하는 것 같다고 했어요. 그는 아들의 목소리조차 듣기 싫어해서 한 방에서 단 몇 분도 함께 앉아 있지 못한다는 것이었어요.

에드거는 자주 저에게 린튼의 소식을 알아 오라고 채근했어요. 몹시 걱정을 하면서, 어떤 위험이 닥치더라도 조카를 만나 보고 싶었던 모양이었어요.

그렇게 세월이 흘러, 캐시는 열여섯 살이 되었어요. 하지만 캐시의 생일이 캐시의 어머니인 캐서린의 기일이었기 때문에 축하다운 축하를 받아 본 적이 없었지요.

해마다 그날이 되면 에드거는 여느 날과 마찬가지로 서재에 틀어박혀 있다가, 어두워지면 기머튼 교회에 있는 캐서린의 묘지로 가서 자정까지 그곳에 머물다가 왔어요. 그래서 캐시를 마음대로 놀도록 내버려 두곤 했지요.

열여섯 살이 되는 그날도 캐시는 혼자 지내게 되자, 심심한지 저한테 놀러 가자고 졸랐어요. 한 시간 안으로 돌아올 수 있는 정도면 괜찮다는 주인님의 허락을 받고서 저는 가벼운 마음으로 캐시를 따라나섰어요.

"넬리, 꼭 가 보고 싶은 곳이 있어. 들꿩 무리가 사는 곳인데, 그것들이 둥지를 다 지었는지 보고 싶어."

"거긴 꽤 멀잖아요. 들꿩은 집에서 가까운 들판에는 집을 짓지 않으니까요."

"아니, 그렇지 않아. 조금만 가면 돼. 언덕에 올라 저 둑을 지나 저쪽에 갈 때까지는 새들이 푸드덕거리며 달아나는 둥지를 찾게 될 거야."

캐시는 주저하지 않고 언덕 쪽으로 발길을 옮겼어요. 캐시가 계속 앞으로 뛰어가서 저도 하는 수 없이 계속 따라가다 보니 워더링 하이츠에서 그리 멀지 않은 곳까지 가게 되었어요.

얼마쯤 가다가 두 사람이 캐시를 붙잡는 것이 보였어요. 캐시는 들꿩을 찾다가 두 남자에게 혼이 나고 있는 중이었어요.

그런데 둘 중 한 사람은 분명히 히스클리프였어요.

"저는 한 마리도 잡지 않았을 뿐 아니라 보지도 못 했어요."

제가 그곳에 이르렀을 때, 캐시는 두 손을 벌려 보이면서 설명하고 있더군요.

히스클리프는 상대가 누구인지 알고 있었기에 용서할 수 없다는 듯 짓궂게 웃더니, 저를 힐끗 쳐다보았어요.

"아버지가 누구지?"

"당신은 내가 누군지 모르나 보죠? 드러시크로스 저택에 사는 에드거 린턴이에요."

"아가씨는 아가씨 아버지가 매우 훌륭하고 존경받는 분이라고 여기나 보지?"

174

히스클리프가 비웃듯이 물었어요.

"그런데 당신은 누구세요? 어? 저 사람은 전에 만난 적이 있어요. 당신의 아들인가요?"

캐시가 또 다른 사람을 가리켰는데, 그는 몇 해 사이에 덩치가 커진 헤어튼이었어요. 여전히 거칠고 촌스러워 보이더군요.

"아가씨, 산책 나온 지 세 시간이 다 되어 가요. 서둘러 돌아가야겠어요."

제가 히스클리프를 외면하며 말했지요.

"저 애는 내 아들이 아니야. 그런데 나에게도 아들이 하나 있는데, 아가씨도 전에 본 적이 있을 거야. 넬리는 서두르지만, 이히스 언덕을 돌면 바로 우리 집이 나오지. 좀 쉬었다 가면 더 빨리 돌아갈 수 있을 거야."

히스클리프는 제 말을 무시한 채 능청스럽게 캐시에게 자기집으로 가자고 권했어요.

저는 무슨 일이 있어도 그 제의를 받아들여서는 안 된다고 캐시의 귀에 대고 속삭였지요.

"왜 안 된다는 거야? 나는 너무 뛰었더니 지쳤어. 넬리, 우리가 보자. 더구나 저분의 아드님을 내가 본 적이 있다고 하는데, 아마 잘못 아셨을 거야. 하지만 저분이 어디 사는지는 짐작이가. 내가 바위산에 갔다가 오는 길에 들렀던 그 농가에 사시지요?"

캐시는 히스클리프에게 동의를 구하듯이 큰 소리로 말했어요.

"맞았어. 이봐, 넬리. 당신은 가만히 있어. 우리 집에 들러 그 녀석을 만난다면, 이 아가씨가 무척 좋아할 거야. 헤어튼, 아가씨와 같이 먼저 가거라. 넬리는 나와 같이 가고."

"안 돼요, 아가씨. 가시면 안 돼요."

캐시는 절대로 안 된다고 만류하는데도 린튼을 만날 수 있다는 이야기에 귀가 솔깃해져 그곳으로 향하고 말았어요.

"히스클리프 씨, 이러면 안 되지요. 이제 아가씨는 린튼 도련님을 만날 테고, 그것을 주인어른께 이야기하면 저는 몹시 꾸중을 들을 거예요."

"나는 저 아이와 린튼을 만나게 해 주고 싶었던 걸세. 그 애는 사람을 만날 만큼 기분이 좋을 때가 드문데, 요 며칠 사이에 좀 좋아졌거든. 저 아이에게 이곳에 왔던 걸 비밀로 하게 하면 그렇게 곤란할 것도 없지 않은가?"

"그렇지만 제가 옆에 있으면서 내버려 두었다는 걸 주인어른이 알게 되면 무척 화를 내실 거예요. 그리고 저는 당신이 아가씨를 애써 집으로 끌어들이는 데는 무슨 꿍꿍이속이 있다는 걸 알고 있어요."

"아니, 난 지극히 정직해. 나는 사촌 남매가 서로 사랑해서 결혼하도록 만들고 싶어. 저 아가씨는 재산을 상속받을 가망이 없지만, 내 희망대로만 한다면 당장 린튼과 같이 공동 상속인이 되도록 해 줄 계획이 서 있네. 그렇게 되면 린튼가도 내 아들의 소유가 되는 거지."

"혹시……, 린튼 도련님이 잘못되기라도 한다면……. 그러면 캐시 아가씨가 상속인이 되지 않겠어요?"

"천만에! 유언에는 그런 조항이 없어. 내 아들의 재산은 내가 차지하게 되어 있어. 그렇지만 두 사람이 결혼하면 그것을 실현할 수 있을 거야."

"하지만 저는 아가씨를 다시는 워더링 하이츠에 얼씬거리지 못하게 할 겁니다."

대문 앞에 다다르자 캐시 혼자서 우리를 기다리고 있었어요. 히스클리프는 저에게 가만히 있으라고 하면서 앞장서서 집으로 올라가 문을 열었어요.

캐시는 히스클리프를 어떻게 생각해야 할지 모르겠다는 듯 몇 번이나 나를 바라보았어요. 저는 캐시와 눈이 마주치자 그냥 미소를 지어 보였지요.

집 안으로 들어갔더니, 린튼은 모자를 쓴 채 난로 옆에 서 있었어요. 이제 곧 열여섯 살이 될 소년치고는 키도 매우 컸고, 게다가 잘생겼으며 걱정했던 것보다 얼굴빛도 밝더군요.

"저 애가 누군지 알겠니?"

히스클리프가 캐시에게 물었어요.

"당신의 아드님인가요?"

"그래, 맞았어. 린튼, 너는 사촌을 몰라보는 거냐? 만나고 싶다며 떼를 쓸 땐 언제고."

"뭐 린튼이라고? 네가 정말 린튼이니?"

린튼이라는 이름을 듣자마자, 캐시는 기쁨과 놀라움이 가득 찬 소리로 물었어요.

린튼은 수줍은 듯 고개를 끄덕이더군요. 그러자 캐시가 린튼에게 다가가 입맞춤한 뒤 유심히 바라보았어요.

잠시 뒤, 캐시가 히스클리프에게 물었어요.

"그럼 당신은 제 고모부시군요. 이렇게 가까이 살면서 왜 우리 집에는 한 번도 놀러 오시지 않은 거죠? 넬리, 왜 내가 이 집에 오면 안 된다는 거야? 난 앞으로 날마다 놀러 올 거야. 괜찮죠? 가끔은 아버지도 함께 올게요."

"네가 태어나기 전에는 지나칠 정도로 자주 방문했었지. 하지만 네 아버지는 날 몹시 미워하고 있단다. 우리가 전에 크게 싸운 적이 있거든. 아마 네 아버지는 네가 여기에 오는 걸 무척이나 싫어할 거야. 그러니까 앞으로 린튼을 만나고 싶으면, 여기 온다는 말을 해서는 안 돼."

"왜 싸우셨는데요?"

"네 아버지는 내가 가난뱅이라고 여동생을 주고 싶어 하지 않았거든. 그런데 우리가 도망쳐서 결혼했기 때문에 네 아버지가 용서하지 않는 거야."

"하지만 아버지를 속일 순 없어요. 대신 린튼을 저희 집에 보내 주세요."

캐시의 말에 린튼이 말했어요.

"그곳은 멀어서 힘들어. 네가 놀러 와. 일주일에 두세 번은 올 수 있잖아."

허약한 린튼의 대답에 히스클리프는 아들을 쏘아보며 캐시에게 이곳저곳을 구경시켜 주라고 말했어요. 그러면서 저를 향해 이렇게 중얼거리더군요.

"넬리, 내가 헛수고하는 것은 아닌지 모르겠군."

하지만 린튼은 썩 내켜 하지 않더군요. 오히려 난로 앞으로 더욱 바싹 다가가 앉는 것이었어요.

그러자 히스클리프는 헤어튼을 불러들였어요. 헤어튼이 들어오자, 캐시가 히스클리프에게 물었어요.

"그런데 이 사람은 누구예요? 정말 제 사촌인가요?"

"네 어머니의 조카지. 잘생겼지? 헤어튼, 캐서린에게 여기저기 구경시켜 줘. 아가씨에게 점잖게 굴어야 한다."

히스클리프는 두 사람이 나가자 창문을 열고 두 사람을 지켜 보며 말했어요.

"가끔 저 녀석이 내 아들이었으면 해. 힌들리의 아들만 아니었다면, 나도 저 녀석을 사랑했을 텐데……. 무척 명석한 재능을 지니고 태어났지만, 힌들리가 나한테 한 것처럼 짓밟아 버렸어. 그런데 유감스러운 것은 헤어튼이 나를 잘 따른다는 사실일세. 그 점에 있어서 내가 힌들리 녀석을 이겼다는 걸 자네도 인정하겠지."

그렇게 말하면서 낄낄거리며 웃는 히스클리프가 악마처럼 느껴졌어요.

그러는 동안, 린튼이 초조한 기색을 보이기 시작했어요. 아마도 약간의 피로를 참지 못하고 캐시와 어울리는 재미를 스스로 포기한 것을 후회하는 듯했어요. 불안해 하는 린튼이 가끔 창밖을 내다보며 손을 어정쩡하게 모자 쪽으로 뻗는 것을 보고, 히스클리프가 제법 정다운 목소리로 소리쳤어요.

"일어나, 이 게으름뱅이야! 어서 두 사람을 쫓아가 봐. 아직 모퉁이의 벌통에까지밖에 가지 못했을 거야."

그제야 린튼은 기운을 차리고 두 사람을 뒤쫓아 갔어요.

우리는 워더링 하이츠에서 오후까지 머물렀어요. 그전에는 캐시를 데리고 나올 수 없었기 때문이지요. 그러나 다행히도 주인어른은 서재에서 나오지 않는 바람에 우리가 오랜 시간 집을 비운 것을 몰랐어요.

돌아오는 길에 저는 캐시에게 방금 만난 사람들의 성격이나 특징에 대해 말해 주었지만, 캐시는 믿지 않는 눈치였어요.

캐시는 이튿날 날이 밝자마자 주인어른에게 어제 있었던 일을 모두 말했어요. 주인어른은 나무라는 듯한 눈초리를 저에게 몇 번 보냈으나 끝까지 아무 말도 하지 않았어요.

주인어른은 캐시를 끌어안으며, 린튼이 가까이 산다는 것을 숨긴 이유를 아느냐고 물었어요.

"그건 아버지가 히스클리프 씨를 싫어하시기 때문이겠지요."

"그렇다면 캐시, 아버지가 너보다 내 기분을 더 중히 여긴다고 생각하는 거냐? 그렇지 않아. 그건 아버지가 히스클리프 씨를 싫어해서가 아니라 그가 나를 싫어하기 때문이야. 그는 자기가 미워하는 사람을 괴롭히고 파멸시키는 걸 재미있다고 생각한단다. 네가 다시는 린튼을 만나지 못하도록 경계한 것은 그가 너까지도 미워할 거라고 생각했기 때문이야. 네가 좀 더 크면 얘기하려 했는데, 이제 와서 생각하니 미룬 것이 잘못이었구나."

"하지만 히스클리프 씨는 저에게 매우 친절하셨어요. 그분

은 우리가 만나는 것을 반대하지 않으셨어요. 마음 내키면 언제
든지 방문해도 좋다고 하셨지요. 다만 고모와 결혼한 것을 아버
지가 용서하지 않으시니까, 아버지에게 말씀드리지 말라고 하
셨어요. 그러고 보면 잘못한 사람은 아버지예요. 그분은 적어도
우리 두 사람, 린튼과 내가 친하게 지내기를 바라는데 아버지는
안 그러시잖아요."

주인어른은 캐시가 히스클리프의 사악한 성질에 대해 믿으
려 하지 않는 것을 알고, 이사벨라에 대한 그의 처사와 워더링
하이츠가 그의 소유가 된 경위를 대충 설명해 주었어요.

자세히 말하지는 않았어도, 캐시가 알아듣기에 무리가 없도
록 말이지요.

"이제 아버지가 왜 워더링 하이츠에 가는 것과 그 가족을 꺼
리는지 알겠지? 자, 다시 전처럼 공부도 하고 놀이도 하고, 그
사람들에 대해선 더는 생각하지 마라."

캐시는 아버지에게 키스한 후 조용히 앉더니, 일과대로 두어
시간 공부를 했어요. 그런 다음 주인어른과 함께 뜰로 나가 여
느 때처럼 그날 하루를 보냈어요.

그런데 그날 밤, 캐시가 침대에 걸터앉아 울고 있었어요.

"원 이런, 바보 같으니!"

저는 야단을 쳤어요.

"나 때문에 우는 것이 아니라, 린튼이 가엾어서 그래. 그 앤 내게 내일 다시 만나자고 했는데, 매우 실망할 거야. 난 갈 수가 없으니."

"바보 같은 소리 마요. 그분에게는 헤어튼이라는 친구가 있어요. 린튼 도련님도 대강 사정을 짐작하시고, 더는 아가씨에게 신경 쓰지 않으실 거예요."

"내가 갈 수 없는 이유를 알리는 편지라도 쓰면 안 될까?"

"안 돼요. 절대로 안 돼요!"

저는 딱 잘라 말했지요.

"하지만 짧은 편지 한 장쯤……."

"그만둬요! 그 이야기는 이제 그만하고 잠이나 자요."

캐시가 심통 맞은 눈초리를 저에게 보냈지만, 저는 이불을 덮어 준 다음 문을 닫고 나왔어요.

그런데 좀 안된 생각이 들어 살며시 들어갔더니, 글쎄 캐시가 펜을 든 채 책상 앞에 앉아 있는 것이었어요.

"아가씨, 편지를 쓴다 해도 전해 줄 사람도 없어요. 이제 촛불을 끄겠어요."

제가 그러면서 촛불 위에 덮개를 씌우려 하자, 캐시는 제 손을 살짝 때리면서 '심술쟁이!' 하고 소리치더군요.

제가 불을 끄고 방에서 나오니까, 캐시는 화를 내면서 문을 걸어 잠갔어요.

결국 캐시는 린튼에게 몰래 쓴 편지를, 우유 배달부에게 전해 달라고 부탁했더군요. 저는 그 사실을 한참 뒤에야 알았지요.

어느 날 저는 캐시가 서랍에 무언가를 비밀스럽게 넣는 것을 보았어요. 그리고 캐시가 없는 틈을 타 서랍을 열어 보았죠.

그 안에 있던 장난감과 장신구들이 없어졌고 대신 린튼이 보 내온 편지들이 차곡차곡 쌓여 있었어요. 저는 캐시한테 비장의 보물일 편지를 훔쳐보기로 결심했고, 그 속에 있는 것을 전부 앞치마에 쏟아 담아 제 방으로 가지고 왔어요.

처음에는 편지들이 서툴고 짧았지만, 점차 장문의 연애편지 로 바뀌어 가고 있었어요. 참으로 유치하기 짝이 없었지만 여기 저기 경험 있는 사람의 손을 빌린 듯한 부분도 있었어요.

그중에는 열렬하게 시작해서 공상 속의 애인에게나 씀 직한 과장된 미사여구가 잔뜩 들어 있는 것도 적지 않았어요. 캐시는 그것들을 보고 만족했는지 모르겠지만, 저한테는 쓸모없는 휴 지로밖에 보이지 않더군요.

다음날 편지들이 없어진 것을 알고 캐시는 얼굴이 새파랗게 변했어요.

"애야, 무슨 일이냐? 어디가 아프기라도 한 거냐?"

주인어른이 캐시를 쳐다보며 물었지만, 캐시는 사실대로 털어놓지 못하더군요.

"아무것도 아니에요, 아버지."

캐시는 숨을 헐떡이며 대답하더니, 곧 저를 자기 방으로 끌고 올라가 물었어요.

"넬리가 가져간 거지? 제발 그 편지들을 돌려줘."

"아가씨, 만일 이 사실을 주인어른께서 아신다면 얼마나 실망하시겠어요? 당장 태워 버리겠어요."

"아버지한테 말하지 않았지? 다시는 그런 짓 안 할게. 내가 잘못했어."

"그런데 아가씨는 꽤 깊이 빠진 것 같아요. 부끄러운 줄 알아야지요! 주인어른께 아직 보여 드리지는 않았지만, 내가 어리석은 비밀을 지켜 주리라고 생각하면 곤란해요. 아이고, 망측해라! 아가씨가 먼저 그런 우스꽝스러운 짓을 시작한 거 맞죠?"

"아니야. 내가 먼저 한 게 아니야!"

캐시는 흐느껴 울기 시작했어요.

"처음엔 그를 사랑한다는 생각을 한 적이 없었는데, 결국······."

"사랑이라니! 그런 소리를 곧이곧대로 믿을 사람이 어디 있겠어요? 도련님을 만난 시간이라고 해 봤자, 두 번 합해서 고작 네 시간 정도밖에 안 돼요! 그런데 이렇게 유치한 편지 나부랭

이를 주고받다니! 이걸 주인어른께 보여 드리겠어요. 주인어른께서 그런 사랑에 대해서 뭐라고 하실지 한번 들어보죠."

캐시는 그 편지를 뺏으려고 저에게 달려들었어요. 저는 편지 뭉치를 머리 위로 쳐들었어요.

그러자 캐시는 편지를 태워도 좋고 무슨 짓을 해도 괜찮지만, 주인어른에게 보이지만 말아 달라고 애원했어요.

"만약 제가 그냥 편지를 태우기만 한다면, 아가씨도 약속을 지키실 건가요? 다시는 편지를 보내지도 않고 받지도 않겠다고요."

"약속할게, 넬리."

캐시가 저의 옷자락을 붙잡고 외쳤어요.

"편지를 태워 버려. 어서, 어서!"

그러나 제가 부지깽이로 난로 안에 편지 태울 자리를 마련하자, 캐시가 견디기 어려울 정도로 고통스러웠는지 또다시 애원했어요.

"넬리, 한두 통만 남겨 줘!"

제가 못 들은 척하고 편지를 불 속에 집어넣기 시작하자, 캐시가 불 속에 들어간 편지를 꺼내려고 손을 넣는 것이었어요.

"난 한 통이라도 꺼낼 거야. 이 못된 것 같으니."

그러면서 손이 뜨거운지 날카로운 비명을 지르더군요.

"좋아요. 그럼 저도 주인어른께 보여 드릴 것을 조금 남겨 두겠어요."

제가 이렇게 말하자, 캐시는 그제야 단념하고 타다 만 편지 조각들을 불 속에 던져 넣었어요.

편지를 다 태우고 재를 긁어모은 다음 그 위에 석탄을 한 삽 얹어 놓자, 그 모습을 물끄러미 바라보던 캐시는 상심한 표정으로 힘없이 자기 방으로 들어가 버렸어요.

저는 아래층으로 내려와, 캐시의 언짢은 기분이 나아졌으나 잠시 누워 있는 편이 좋을 것 같다고 주인어른에게 말했지요.

캐시는 식사를 걸렀지만 차 마시는 시간에는 나타났는데, 얼굴이 창백하고 눈언저리가 붉어져 있었어요. 그렇지만 겉으로 보기에는 매우 침착했어요.

다음날 아침, 저는 종이쪽지에 다음과 같이 편지를 썼어요.

아가씨께서는 편지를 받지 않으실 것이니, 린튼 도련님께서는 앞으로 아가씨께 편지를 보내지 마시기 바랍니다.

그 뒤로, 우유를 가져오는 어린 소년은 빈 주머니로 왔답니다.

히스클리프의 음모

여름이 지나고 초가을로 접어들었어요. 그해에는 추수가 늦어져서, 곡식을 거둬들이지 못한 곳이 몇 군데 남아 있었어요.

주인어른과 캐시는 자주 밭으로 나가 추수하는 사람들 사이에 끼어 산책을 하며 보리 베는 모습을 지켜보곤 했지요.

그러다가 주인어른이 감기에 걸렸는데, 폐렴으로 악화되는 바람에 계속 누워서 지내야만 했어요.

캐시는 그 보잘것없는 로맨스 사건 이후 기가 죽어 말이 적어졌고 몹시 우울해 보였어요. 캐시가 측은해 보였는지, 주인어른은 너무 책만 읽지 말고 운동을 많이 하라고 일렀어요.

10월 말인가 11월 초의 어느 스산한 오후였어요. 하늘이 잿빛 구름으로 덮여 있는 날이었는데도 캐시는 산책을 나갔어요. 저는 비가 올 것 같아 우산을 들고 따라갔지요.

저는 캐시의 기분을 풀어 줄 만한 것이 없을까 하고 주위를 둘러보았어요.

"아가씨, 저길 좀 보세요. 꽃 한 송이가 피어 있어요. 저걸 꺾어다가 주인어른께 보여 드리지 않을래요?"

"아니야, 꺾지 않을래. 왠지 저 꽃이 슬퍼 보여."

"그래요. 꼭 아가씨처럼 생기도 없고 기운도 없어 보여요. 그럼 우리 손을 잡고 뛰어가요. 아가씨가 기운이 없으니까 나도 아가씨를 따라 뛸 수 있을 것 같은데."

"싫어."

캐시는 별로 내키지 않는 듯 고개를 젓고는 계속 걷기만 했어요.

"아가씨, 왜 울어요? 걱정 마세요. 주인어른은 감기에 걸리셨을 뿐이에요. 그보다 더한 병이 아닌 걸 다행으로 생각해야죠."

그러자 캐시는 참지 못하고 울음을 터뜨렸어요. 그러고는 숨이 막힐 정도로 흐느껴 울면서 말했어요.

"하지만 더 나빠질지도 모르잖아? 아버지도 넬리도 다 없어지고, 나만 혼자 남으면 어쩌지?"

"불길한 생각을 미리 하는 것은 좋지 않아요. 우리는 모두 오래오래 살기를 원해요. 그리고 주인어른은 아직 젊으시잖아요.

나도 이렇게 튼튼하고요"

"하지만 이사벨라 고모는 아버지보다 더 젊었잖아?"

"그분은 제대로 간호를 받지 못했고, 아버지처럼 행복하지 못하셨기 때문에 그래요. 아가씨가 할 일은 항상 활달한 모습을 보여서 아버지의 기분을 밝게 해 드리고, 아버지께 걱정 끼치는 일은 하지 않는 거예요."

"난 정말 아버지를 사랑해. 아버지를 슬프게 하는 일은 하지 않을 거야. 아버지가 오래 살게 해 달라고 기도하고 있어. 왜냐하면 아버지가 슬픈 것보다는 차라리 내가 슬퍼하는 편이 낫기 때문이야."

이런 이야기를 나누다 보니 어느새 우리는 낯선 곳까지 와 있었어요.

캐시는 기운을 차렸는지 금세 밝은 표정이 되어 들장미 덩굴 끝에 달린 새빨간 열매를 따려고 나뭇가지를 잡아당겼어요. 그러다 열매가 그만 울타리 밖으로 떨어져 버렸지요. 문이 안으로 잠겨 있었기 때문에 캐시는 담을 넘어 주워 오겠다며 담을 넘었어요. 그러나 다시 돌아오는 건 쉽지 않았어요.

"넬리, 빨리 열쇠를 가져와야겠어!"

그런데 제가 가지고 있던 열쇠 꾸러미에는 맞는 열쇠가 없었어요.

"거기 그대로 계세요. 얼른 다녀올게요."

그때 어디선가 빠르게 달려오는 말발굽 소리가 들려왔어요.

"넬리, 문이 빨리 열렸으면 좋겠는데."

캐시가 불안한 목소리로 속삭였어요.

"허어, 이게 누구신가?"

말을 탄 사람이 굵은 목소리로 말했어요.

"만나서 반갑군. 서둘러서 돌아가려고 하지 마. 내가 좀 물어볼 말이 있으니까."

"히스클리프 씨, 저는 당신과 할 말이 없어요. 아버지 말씀이 당신은 나쁜 사람이래요. 그리고 당신은 아버지와 저를 미워한대요. 넬리도 그렇게 말했어요."

"지금은 그런 게 문제가 아니야."

그 사람은 다름 아닌 히스클리프였어요.

"캐서린, 마침 잘 만났어. 넌 내 아들은 미워하지 않는다고 생각하는데……. 나랑 같이 가서 린튼을 위로해 줘야겠어. 네가 갑자기 편지를 끊어서 린튼이 병이 났어."

"그런 새빨간 거짓말을 하다니! 히스클리프 씨, 어서 돌아가 주세요. 아가씨, 제가 돌로 문을 부술 테니 절대 저 말에 넘어가지 마세요."

제가 문 뒤에서 소리치자, 히스클리프가 말했어요.

"문 뒤에 넬리가 있으리라고는 생각지 못했군. 넬리, 그 말은 거짓말이 아니야. 린튼은 지금 무덤에 가기 직전이라고."

저는 돌로 자물쇠를 부숴서 겨우 문을 연 뒤, 캐시의 팔을 잡아끌어 꼭 잡았어요.

"아가씨, 그만 돌아가요."

그러나 캐시는 줄곧 걱정스런 얼굴로 히스클리프를 바라보더군요.

저는 캐시가 린튼을 걱정한다는 걸 잘 알고 있었지요. 하지만 거짓말일 거라며 캐시를 조용히 타일렀어요.

그러자 히스클리프가 말을 캐시 가까이로 몰고 와서 허리를 구부리며 말했어요.

"캐서린, 솔직히 말해서 나는 린튼에게 별로 너그럽지 않아. 헤어튼과 조지프는 나보다 더하지. 그렇게 매정한 사람들 속에서 살다 보니, 그는 친절과 사랑을 몹시 갈망하고 있어. 너의 다정한 말 한마디가 더할 나위 없이 좋은 약이 될 거야. 그 앤 밤낮으로 네 생각만 하고 있지. 네가 그 녀석을 싫어해서 그러는 게 아니라고 말해도 곧이듣질 않아."

우리가 서둘러서 발걸음을 돌렸기 때문에 히스클리프는 더길게 이야기하지 못했어요. 그러나 저는 캐시의 마음이 어두워졌다는 걸 알아차렸지요. 캐시는 틀림없이 히스클리프의 말이

사실이라고 믿는 눈치였어요.

주인어른은 우리가 돌아오기 전에 이미 침실에 들었더군요.

캐시는 아버지의 상태를 살펴보려고 침실로 살그머니 올라갔으나, 벌써 잠이 들었다면서 이내 내려왔어요. 캐시는 저에게 서재에 함께 있어 달라고 하더군요.

"넬리의 말이 맞을지도 몰라. 하지만 사실을 확인하기 전에는 내 마음이 편치 않을 것 같아. 린튼에게 편지를 쓰지 않는 것이 내 탓이 아님을 밝히고, 내 마음이 변하지 않을 거라는 사실을 믿게 해야겠어."

어리석게도 이미 그렇게 믿고 있는 캐시에게 화를 내고 반대한들 무슨 소용이 있었겠어요?

우리는 그날 밤 크게 다퉜어요. 하지만 다음날, 저는 고집쟁이 캐시의 망아지를 따라 워더링 하이츠로 향했지요.

캐시가 슬퍼하는 모습을 그대로 보고만 있을 수도 없었고, 풀이 죽은 얼굴과 우울한 눈을 마주 볼 수가 없어서 그 고집에 지고 말았던 거였지요.

저는 린튼이 우리를 맞아들일 때, 히스클리프의 이야기가 거짓말이라는 것을 증명할지도 모른다는 한 가닥 희망을 품고 있었지요.

우리는 우선 히스클리프가 집에 있는지 살펴보려고 부엌으

194

로 들어갔어요. 조지프가 혼자 난롯가에 앉아 있었어요. 저는 조지프에게 히스클리프가 있느냐고 물어보았어요.

그때 구석방에서 조지프를 부르는 린튼의 신경질적인 목소리가 들려왔어요.

"도대체 몇 번을 불러야겠나? 불이 다 꺼져 간단 말이야. 영감! 빨리 이리 좀 와."

담배 연기를 푹푹 뿜어 대며 난로 속을 노려보고 있던 조지프는 그런 부탁 따위는 아예 무시하는 태도였어요.

우리는 목소리가 들리는 방으로 들어갔어요.

"너 같은 영감은 제발 다락방에서 뒈져 버리면 시원하겠다!"

린튼은 우리의 발소리를 게으른 하인의 것으로 착각했는지, 욕을 퍼부었어요. 그러나 자기가 잘못 알았다는 것을 깨닫고는 입을 다물지 못했어요.

"캐서린이었구나."

캐시가 그의 품으로 뛰어들자, 린튼은 큰 의자의 팔걸이에 기대고 있던 머리를 들었어요.

"그러지 마……. 숨이 차서 그래. 진짜였구나! 네가 올 거라고 아버지가 그러셨는데."

린튼은 정말 많이 아픈 것 같았어요. 캐시가 가까이 다가가도 일어날 기운조차 없는 듯했지요.

"왜 진작 오지 않았어! 편지를 쓰지 말고 올 것이지. 긴 편지를 쓰다 보면 지치거든. 말로 하는 편이 훨씬 나아. 나는 이제 얘기할 기운도 없고, 아무것도 하기가 싫어. 물을 마시고 싶은데……."

린튼의 말을 듣고, 캐시가 식기장 위에 있던 주전자에서 물을 한 컵 따라 가져다주며 말했어요.

"린튼, 내가 와서 좋으니? 내가 무슨 도움이 돼?"

"그럼 좋고말고. 네 다정한 목소리를 들으니, 기분이 무척 좋아졌어. 그동안 네가 오지 않아서 괴로웠단 말이야. 아버지는 그것이 내 탓이라고 야단을 치셨지. 나더러 불쌍하고 쓸모없는 놈이라면서 네가 나를 멸시하고 있을 거라고 하셨어. 하지만 너는 나를 경멸하지 않겠지?"

"너를 경멸한다고? 천만에! 아버지와 넬리 다음으로, 그 누구보다도 너를 좋아해. 하지만 네 아버지는 싫어. 그분이 돌아오시면 나는 못 올 거야. 여러 날 나가 계실 건가?"

"여러 날은 아니야. 들에 자주 나가시거든. 그러니 아버지가 안 계실 때 한두 시간은 나와 같이 지낼 수 있을 거야. 그러겠다고 말해 줘. 너와 같이 있으면 짜증도 안 날 것 같아. 그럴 수 있겠지?"

"그럼. 만일 아버지가 허락만 하신다면 매일 반나절씩이라도 너와 함께 보낼게. 린튼, 네가 내 친동생이면 좋겠어."

"아버지가 그러시는데, 만약 네가 내 아내가 된다면 네 아버지보다도, 그리고 이 세상의 누구보다도 나를 사랑할 거라고 했어. 그러니 그렇게 되었으면 좋겠어."

"안 돼. 나는 이 세상 어느 누구도 아버지보다 더 사랑할 수는 없어."

캐시는 심각한 표정으로 대꾸했어요.

"네 아버지는 비겁하대."

린튼이 화가 나서 말했어요.

"네 아버지는 나쁜 사람이야! 이사벨라 고모를 도망치게 한 걸 보면 분명히 나쁜 사람이야."

"어머니는 도망간 게 아니야."

"도망갔어."

"그럼 나도 네게 할 말이 있어. 네 어머니는 네 아버지를 미워했대."

린튼의 말에 캐시는 무척 놀라며 '어머!'하고 소리쳤어요. 하지만 너무 화가 나서 말을 잇지 못했어요. 린튼이 멈추지 않고 계속 말했어요.

"네 어머니는 우리 아버지를 사랑했었대!"

"이 거짓말쟁이! 이제 너 같은 건 보기도 싫어!"

화가 난 캐시는 얼굴이 달아올라 씩씩거렸어요.

"그만두세요, 도련님! 그건 도련님 아버님이 꾸며 낸 얘기일
거예요."

두 사람의 실랑이가 끝날 것 같지가 않아 제가 끼어들었지요.

"그렇지 않아. 당신은 가만히 있어!"

린튼은 저에게 화를 내며 계속 캐시를 놀려 댔어요.

"사랑했대, 사랑했대, 캐서린! 사랑했대, 사랑했대!"

캐시는 더는 참지 못하고 의자를 힘껏 밀어 버렸어요. 그 바
람에 린튼은 한 손을 바닥에 짚으며 나가떨어졌지요.

캐시는 자신의 실수에 놀라서 울음을 터뜨렸고, 린튼은 숨이
넘어갈 듯이 기침을 거칠게 하면서 몹시 아팠는지 한동안 신음
소리를 냈어요.

"아프게 해서 미안해, 린튼."

캐시가 괴로움을 참지 못하고 말하자, 린튼이 대꾸했어요.

"난 괜찮다고 말할 수 없어. 네가 나를 아프게 했기 때문에 나
는 오늘 밤 기침에 시달려 한숨도 자지 못할 거야."

그러고는 제 설움에 못 이겨 엉엉 울기 시작했어요.

"내가 가면 괜찮아질 거야. 그렇지, 린튼?"

"한번 저지른 일은 어떻게 할 수 없어."

린튼은 캐시를 외면하며 토라져서 말했어요.

"나를 혼자 있게 내버려 둬. 네가 지껄여 대는 소리를 견딜 수가 없어."

린튼의 말에, 캐시는 결국 문 쪽으로 발길을 옮겼어요. 저도 뒤를 따랐지요.

그러나 찢어지는 듯한 비명 소리가 들려 우리는 다시 방 안으로 뛰어 들어갔어요. 린튼이 난롯가로 미끄러져 내려와 몸부림치고 있었어요.

그 모습을 보고 캐시는 달려가서 무릎을 꿇고 앉더니 린튼을 달랬어요. 그러자 숨이 차서 그랬던 건지, 린튼은 곧 조용해졌어요.

"도련님을 소파 위로 모시는 게 좋겠어요. 그러면 누워서 마음대로 뒹구실 수 있을 거예요. 그리고 빨리 가요. 누구도 응석을 받아 주지 않으면 가만히 누워 계시겠지요."

제가 이렇게 말을 해도 듣지 않고, 캐시는 린튼의 머리에 쿠션을 괴어 주고 물을 갖다 주더군요.

"너는 나를 몹시 아프게 만들었어. 아까 네가 왔을 때만 해도 나는 이렇게 아프지는 않았어. 안 그래?"

린튼이 어리광 부리듯이 말했어요.

"하지만 네가 성질을 부려서 더 안 좋아진 거야. 전부 내 탓만은 아니야. 아무튼 이제 화해하자. 너는 내가 오는 것이 좋지?

사실은 이따금 나를 만나고 싶지?"

"그렇다고 말했잖아."

캐시의 말에 린튼이 짜증스럽다는 듯이 대꾸했어요.

"소파에 앉아서 나를 네 무릎에 기대게 해 줘. 우리 어머니는 오후에는 항상 그렇게 하게 해 주셨어. 그리고 가만히 앉아서 아무 말도 하지 마."

시계가 정오를 알릴 때까지 두 사람은 그렇게 있었어요. 그때 점심을 먹으러 들어오는 헤어튼의 발소리가 마당에서 들려왔어요.

"캐서린, 그럼 내일도 올 거지?"

린튼은 마지못해 일어서는 캐시의 옷자락을 붙잡고 애처롭게 물었어요.

"안 돼요. 그 다음날도 안 되고요."

캐시 대신 제가 대답했어요.

그러나 캐시는 저와는 다른 대답을 한 모양이었어요. 캐시가 허리를 굽혀 그의 귀에 대고 뭐라고 속삭이자, 린튼의 표정이 금세 환해졌거든요.

"아가씨, 내일 또 오시면 안 돼요. 명심하세요!"

워더링 하이츠에서 나올 때 이렇게 말을 하자 캐시는 대답 대신 웃기만 했어요. 그래서 제가 다시 말했지요.

"저와 함께든 혼자든 아가씨가 또다시 워더링 하이츠에 가려고 하면, 그땐 정말 주인어른께 모두 말씀드리겠어요. 주인어른께서 허락하시기 전엔 린튼 도련님과 절대로 만나서는 안 돼요."

"벌써 만났는걸."

캐시가 불만스러운 목소리로 투덜거렸어요.

"앞으로 만나면 안 된다는 얘기예요."

"생각해 볼게."

대답과 함께 캐시는 말을 몰고 달아났어요. 저는 그 뒤를 쫓아가느라 무척 고생했답니다.

우리는 점심 식사 전에 집에 도착했고, 주인어른은 우리가 숲을 산책하고 온 줄 아는지 어디 갔었느냐고 묻지도 않았어요.

저는 집에 들어서자마자 젖은 양말과 신발을 갈아 신었지만, 젖은 채로 너무 오래 있었던 것이 탈이었는지 워더링 하이츠에서 돌아온 이튿날부터 앓아눕고 말았어요.

캐시는 주인어른을 돌보는 동시에 저를 간호하며 제 외로움을 달래 주었어요. 늘 바삐 움직이던 사람이 방에 누워만 있으려니까 기분이 몹시 우울해져 있었거든요.

주인어른을 그처럼 사랑하고 또 저에게도 친절을 베푸는 것으로 보아, 캐시는 마음이 참 다정한 사람이라는 생각이 들더군요.

캐시는 하루 종일 주인어른과 저를 돌보느라 정신없이 지냈어요. 그러나 주인어른은 일찍 잠자리에 들었고, 저도 6시 이후에는 돌봐 주지 않아도 되었으므로 저녁 시간은 자유로웠지요.

불행하게도, 저는 차 마시는 시간 이후로 캐시가 뭘 하며 지내는지를 생각조차 하지 않았어요. 잘 자라는 인사를 하러 제 방에 들르는 캐시를 보면 뺨이 발그스름했는데, 저는 그것이 말을 타고 추운 벌판을 달려왔기 때문이라는 것은 상상도 못했고 그저 서재의 뜨거운 난롯가에 있었기 때문이려니 하고 생각했어요.

3주일이 지나 저의 몸이 움직일 수 있을 만큼 회복되자, 어느 날 저녁에 저는 캐시에게 책을 읽어 달라고 부탁했어요.

캐시는 자기가 좋아하는 책을 골라 한 시간 가량 읽어 주다가, 여덟 시가 가까워오자 계속 시계를 쳐다보면서 이렇게 물었어요.

"넬리, 피곤하지 않아? 너무 늦게까지 앉아 있으면 다시 나빠질 수 있어."

"아니, 괜찮아요. 아직 피곤하지 않아요."

제가 괜찮다고 하자, 캐시는 그 일이 하기 싫다는 것을 보여주려는 듯이 기지개를 켰어요.

"넬리, 난 피곤해."

그러더니 연신 눈을 비벼 대며 자기 방으로 가 버렸어요.

다음날 밤에는 더 초조해 했고, 사흘째 되던 날은 머리가 아프다면서 저를 두고 방에서 나가더군요.

저는 아무래도 이상한 생각이 들어 캐시의 방으로 가 보았어요. 방은 물론이고 집 안 어디에서도 캐시의 모습은 보이지 않았어요. 하인들 중에도 캐시를 본 사람은 없었어요. 주인어른의 방문에 귀를 대고 소리를 들어보았지만, 그곳 역시 조용했어요.

저는 캐시의 방으로 가서 촛불을 끄고 창문으로 다가가 밖을 내다보았어요.

그때 캐시가 어디를 다녀왔는지, 말에서 내리는 것이 보이더군요.

캐시는 방으로 들어오다가 제가 있는 것을 보고는 흠칫 놀라며 우두커니 서 있었어요.

"이렇게 늦은 시간에 어딜 갔다 오시는 거예요?"

"숲에…… 갔었어."

"다른 곳엔 안 가셨어요?"

"아니."

"오오, 캐서린 아가씨! 나쁜 짓을 했다고 생각하시지요? 아니면 제게 거짓말을 할 이유가 없지요. 저는 그것이 슬퍼요. 아가씨의 거짓말을 듣느니, 차라리 석 달을 더 앓아눕는 편이 낫겠어요."

그러자 캐시가 달려와서 눈물을 흘리며 제 목을 껴안았어요.

"넬리, 나는 넬리가 화낼까 봐 무서웠어. 제발 화내지 마. 그러면 숨김없이 전부 얘기할게. 나도 거짓말하는 건 싫어. 무슨 말을 하든 화내지 않겠다고 약속해 줘."

"네, 알았어요. 대신 솔직하게 모든 것을 다 말하셔야 해요."

"워더링 하이츠에 갔다 왔어. 넬리가 앓기 시작할 때부터 매일 밤 갔어. 린튼이 몹시 아팠으니까. 하지만 즐거운 문병은 아니었어. 넬리, 오늘 밤에는 린튼과 헤어질 결심을 하고 돌아왔어. 나도 너무 괴로워. 넬리, 제발 아버지께는 말하지 말아 줘. 만일 아버지께 말씀드린다면 넬리는 정말 나쁜 사람이야!"

캐시는 워더링 하이츠에 갔다 왔다고 털어놓으면서, 그사이에 있었던 일을 이야기하더군요.

"아가씨, 그 일에 관해서는 내일까지 결정을 내리겠어요. 좀 생각해 볼 필요가 있는 문제니까요. 그러니 아가씨는 쉬세요."

그렇게 얘기는 했지만, 저는 캐시의 방에서 나오는 길로 주인 어른에게 가서 그간에 있었던 일을 이야기했어요.

에드거는 무척 놀랐고 매우 불안해 했지요.

아침이 되자, 캐시는 제가 약속을 어긴 것을 알았고 비밀스런 외출도 끝장났음을 깨달았어요.

캐시는 울며불며 외출 금지령에 항의하면서 린튼을 가엾게 생각해야 한다고 간청했지만 소용없었어요. 겨우 얻은 위안이라고는, 린튼이 원한다면 드러시크로스 저택에 오는 것을 허락한다는 편지를 띄워도 좋다는 약속이었어요. 그러나 더는 워더링 하이츠에서 캐시를 만날 생각은 하지 말라는 말도 함께 적어 보내야 했지요.

　만약 에드거가 린튼의 기질과 건강 상태를 알았다면, 그 작은 배려조차도 허락하지 않았을 텐데 말입니다.

　"그게 작년 겨울에 일어난 일이었어요. 겨우 일 년도 안 되었죠. 그 집안 식구와 아무런 상관도 없는 분께 이런 얘기를 하게 될 줄은 꿈에도 생각하지 못했어요. 하기야 록우드 씨가 언제까지나 관계없는 분으로 계신다는 보장도 없지요. 아직 젊으시니까 독신 생활에 싫증이 날 때도 있으실 겁니다. 어쩐지 저는 캐시 아가씨를 본 사람이라면, 누구든지 그녀를 사랑하지 않고는 배길 수 없으리라는 생각이 든답니다. 록우드 씨도 제가 아가씨 이야기를 하면 금세 생기가 돌고 두 눈이 빛나시는 것 같던데요. 벽난로 위에 아가씨의 초상화를 걸어 놓으라고 하신 이유는 뭐죠? 그리고 또……."

　"잠깐!"

나는 넬리의 말을 가로막으며 외쳤다.

"내가 그녀를 사랑할 수도 있지만 과연 그녀가 나를 사랑하겠소? 그 점이 자신 없기 때문에 내 안락한 생활을 버리고 그런 유혹에 뛰어들 수가 없소. 또 여긴 내 고향이 아니오. 나는 이곳과는 전혀 다른, 아주 바쁜 세상에서 살고 있는 사람이고, 곧 그곳으로 가야만 하오. 어서 이야기를 계속해 봐요. 그래서 캐서린은 아버지 말씀에 순종했나요?"

"그럼요."

넬리는 이야기를 계속했다.

역시 캐시의 마음에서 가장 강한 것은 아버지를 향한 사랑이었어요. 그리고 주인어른도 자신의 소중한 보물을 원수의 손에 맡기고 떠나면, 따님을 인도하고 위로할 수 있는 유일한 도움은 자신이 남긴 말뿐이라고 생각한 듯했어요. 그래서 틈나는 대로 캐시에게 자애롭게 이런저런 이야기를 해 주곤 했어요.

어느 날 주인어른이 저에게 이렇게 묻더군요.

"넬리, 조카 녀석이 편지를 보내든지 찾아오든지 했으면 좋겠는데, 자네는 그 아이를 어떻게 생각하나?"

"현재 도련님은 무척 허약하세요. 안타깝게도 얼마 살지 못하실 듯해요. 주인어른, 아직 시간이 많으니까 도련님이 아가씨와 맞는 짝인지 아닌지 천천히 두고 보는 것이 좋을 것 같아요."

"난 가끔 기도했어. 이왕 닥쳐올 운명이라면 빨리 와 달라고 말이야. 그러나 이제는 두려워서 피하게 되는군. 넬리, 나는 어린 캐시가 있어서 참으로 행복했어. 그 애는 나에게 소중한 희망이었지. 그런데 내가 캐시를 위해 할 수 있는 것이 뭘까? 어떻게 그 애를 두고 떠나지? 나는 린튼이 히스클리프의 아들이라는 점은 개의치 않네. 내가 죽은 뒤 캐시를 위로해 줄 수만 있다면……. 하지만 린튼이 그의 아버지의 나약한 꼭두각시에 불과하다면, 캐시를 그에게 맡길 수 없네! 내가 살아 있는 동안은 그 애를 슬프게 하고, 죽은 뒤에는 혼자 외로이 놓아둘 수밖에 없다니. 사랑스러운 것! 차라리 그것을 하느님께 맡기고, 내가 죽기 전에 땅에 묻어 주고 싶네."

"지금 그대로의 아가씨를 하느님께 맡기세요. 혹시 주인어른께서 먼저 가시더라도, 제가 아가씨의 편이 되어 끝까지 돌봐 드리겠어요."

봄은 무르익어 갔고, 주인어른은 캐시와 함께 산책할 정도는 되었지만 건강을 완전히 회복하지 못했어요.

캐시의 열일곱 번째 생일날, 그날은 비가 내려서 주인어른은 캐서린 마님의 묘지를 찾지 않았어요.

대신, 주인어른은 린튼에게 꼭 만나고 싶다는 내용의 편지를 보냈어요.

히스클리프의 지시를 받아서 쓴 듯한 답장에는 '드러시크로스 저택에 가는 것을 아버지가 반대하신다는 것, 하지만 외삼촌이 기억해 주시니 기쁘다는 것, 그리고 때때로 산책하는 길에 외삼촌을 만나 사촌끼리 이렇게 헤어져 살지 않아도 되게 해 달라고 직접 간청하고 싶다'는 내용이 쓰여 있었어요.

주인어른은 캐시의 앞날을 생각해서, 걱정스러워하면서도 일주일에 한 번씩 저의 감독 아래 캐시가 린튼과 만나는 것을 허락했어요. 단, 린튼가의 땅을 벗어나지 않는 범위 내에서 말이지요.

캐시와 제가 린튼을 만나러 약속 장소에 도착해 보니, 린튼이 워더링 하이츠 앞에서 기다리고 있다고 한 목동이 와서 전하더군요.

약속과 달랐기 때문에 제가 망설이는데, 캐시는 이미 앞장서서 걷고 있었어요.

린튼의 몸 상태는 몹시 안 좋아 보였어요.

"전보다 얼굴색이 좋지 않아."

"아니야, 피곤해서 그래. 걷기에는 너무 더우니 여기서 잠시 쉬자."

"그러고 보니 여긴 네가 말하는 천국 같구나."

캐시가 애써 명랑하게 말했으나, 린튼은 말하는 것조차 힘들어 하더군요.

"네가 여기 올 수 있도록 허락해 주신 데 대해 내가 고맙게 생각하더라고 외삼촌께 전해 줘. 그리고…… 만약 네가 우리 아버지를 만났을 때 나에 대해서 묻거든, 내가 말도 없이 멍청하게 있었다고 생각하지 않게 해 줘. 만약 네가 슬픈 얼굴을 하고 있으면 아버지는 화를 내실 거야."

린튼이 힘겹게 말했어요.

"화를 내신다고 해도 나는 두렵지 않아!"

"하지만 난 두려워. 아버지는 매우 엄하시거든."

캐시의 말에, 린튼은 벌벌 떨면서 말했어요. 그러고는 고개를 푹 숙이고, 지쳐서인지 아파서인지 연신 신음만 하고 있었어요.

함께 있는 것이 린튼에게는 즐거움이 아니라 오히려 형벌이라는 것을 캐시가 깨닫고는, 먼저 돌아가자고 말했어요.

"너는 여기 앉아 있는 것보다 집에 가서 쉬는 편이 낫겠어. 우리 다음 주 목요일에 여기에서 또 만나자."

캐시가 린튼을 걱정하며 다음에 다시 만날 약속을 하고는 집으로 돌아왔지요.

그동안 주인어른의 병세는 눈에 띄게 악화되었어요. 여태까지는 몇 달에 걸쳐 조금씩 나빠졌던 건강이 이제는 몇 시간 단

위로 눈에 띄게 안 좋아지더라고요. 우리는 되도록 캐시에게 숨기려 했지만, 눈치 빠른 캐시는 속지 않았어요.

일주일 뒤, 목요일이 되었지만 캐시는 차마 말을 타고 산책하러 나가자는 말을 꺼낼 용기가 나지 않는 것 같았어요. 캐시는 잠시도 주인어른 곁을 떠나지 않고 병상을 지켰거든요.

하지만 주인어른은 바람이라도 쐬면 기분 전환이 될 거라고 생각하고, 캐시를 보내 주었어요. 이제 당신이 세상을 떠나도 캐시가 완전히 외톨이가 되지는 않으리라는 희망을 위안으로 삼는 것 같았지요.

우리는 화창한 여름날 오후에 다시 약속 장소로 향했어요.

들리는 소문에는 린튼의 건강이 더욱 악화되었다고 해서 걱정을 많이 했는데, 의외로 활기차게 우리를 맞이했어요. 정말 기운이 나서 그런 것도 아니고, 그렇다고 반가워서 그런 것은 더욱 아닌 것 같았어요. 그보다는 뭔지 모를 두려움에 휩싸여 있는 것처럼 보였지요.

"늦었군!"

린튼은 짧은 말을 하는데도 몹시 힘이 들어 보였어요.

"우리 아버지가 매우 편찮으셔. 왜 내가 아버지의 병상을 지키지 않고 너를 만나러 와야 하는지 잘 모르겠어. 아무리 생각해도 이렇게 만나는 게 두 사람을 괴롭히는 것뿐, 다른 이유는 없는 것 같아. 이상하지 않니?"

"무슨 바보 같은 말이야!"

그 순간, 린튼의 몸이 오그라든 것처럼 보였어요.

"나는 집으로 돌아갈 테야."

캐시의 말에 린튼이 당황해 하는 것 같았어요. 그러더니 힘없는 몸을 땅 위에 내던지며 흐느껴 울며 말했어요.

"캐서린, 나는 배반자야. 그런데 무서워서 네게 말할 수가 없어! 하지만 네가 나를 버리고 가면 나는 죽을 거야. 캐서린, 내 목숨은 네게 달렸어. 나를 사랑한다고 말한 적이 있지? 나를 두고 가지 마. 너는 승낙해 줄 거야. 그럼 아버지도 네 곁에서 죽게 해 줄 거야."

"뭘 승낙한다는 거지? 여기 있겠다는 것 말이야? 네가 말한 뜻을 설명해 주면 여기 있을게. 진정하고 네 가슴을 짓누르고 있는 불안감을 말해 봐."

"하지만 아버지가 나를 위협하는걸. 나는 아버지가 무서워. 무서워서 말할 수가 없어."

"나는 네 비밀을 지켜 줄게! 나는 아무것도 두려울 게 없으니까."

그때 히스 숲이 흔들리는 소리가 나서 쳐다보니, 히스클리프가 언덕 위에서 우리를 향해 다가오고 있었어요.

분명히 린튼의 흐느낌을 들었을 것 같은데, 아무 내색을 하지 않은 채 저에게 상냥한 말투로 인사를 했어요. 저는 그 진의를 의심하지 않을 수 없었지요.

그러면서 목소리를 낮추고는 음흉한 표정으로 물었어요.

"넬리, 소문에 따르면 에드거 린튼의 임종이 얼마 남지 않았다고 하던데?"

"네, 많이 힘들어 하세요. 남은 사람들에게는 안된 일이지만, 그분을 위해서는 축복이지요."

"얼마나 살 것 같은가? 저기 저 녀석이 내 계획을 망칠 것 같아서 말이지. 그러니 에드거 린튼이 저 녀석보다 앞서 죽어 주었으면 고맙겠단 말일세. 이봐! 저 녀석이 내내 저런 꼴을 하고 있었나? 징징 짜지 말라고 단단히 일렀는데."

"도련님은 내색을 하지 않으시지만, 몹시 힘들어 보이세요. 산책을 할 것이 아니라 의사의 도움을 받으셔야 할 것 같네요."

히스클리프가 가까이 다가가자, 린튼은 일어나려고 했지만 꼼짝할 수 없는 공포에 사로잡혀 몇 번이나 주저앉더군요.

"화가 나기 시작하는군. 그 못된 근성을 버리지 않으면……. 빌어먹을 녀석! 냉큼 일어서!"

"일어설게요, 아버지! 그렇지만 잠깐만 이대로 내버려 두세요. 안 그러면 기절할 것 같아요. 아버지가 하라는 대로 했어요.

내가 명랑하다는 것은 캐서린이 알아요. 캐서린, 내 곁에 있어 줘. 너의 손을 잡게 해 줘."

"그러지 말고 내 손을 잡아. 발을 딛고 서 봐. 자, 됐어. 캐서린이 팔을 잡으려고 하는군. 됐어, 캐서린을 쳐다봐. 캐서린, 내가 이렇게 무섭게 구니까 나를 악마라고 생각하겠지? 저 녀석을 데리고 집까지 걸어가 주지 않겠니? 내 손이 닿기만 해도 이 녀석이 벌벌 떠니까 말이야."

"린튼, 나는 워더링 하이츠에 갈 수 없어. 아버지가 가지 말라고 하셨거든. 괜찮을 거야. 너는 왜 그렇게 아버지를 무서워하니?"

"나는 다시는 저 집에 돌아갈 수 없어. 너랑 같이 가지 않으면 나는 집으로 돌아갈 수 없단 말이야."

"닥쳐!"

히스클리프가 버럭 소리를 지르며 끼어들었어요.

"캐서린의 효심에 감복하겠네. 넬리, 그 녀석을 좀 데리고 가 주게. 그러면 자네 말대로 서둘러 의사에게 보이겠네."

"그러시는 게 좋을 거예요. 하지만 저는 아가씨와 같이 있어야 해요. 린튼 도련님을 돌보는 일은 제가 할 일이 아니니까요."

그러나 제가 아무리 반대해도 캐시를 막을 수가 없었어요. 사실 그 상황에서 어떻게 캐시가 거절할 수 있었겠어요?

무엇이 린튼을 공포에 사로잡히게 하는지 모르겠지만, 그가 공포에 짓눌려 꼼짝도 할 수 없는 형편인 것은 사실이었으니까요. 거기다 조금만 더 겁을 주면 그는 충격을 받아 미쳐 버릴 것처럼 보였어요.

드디어 우리는 워더링 하이츠에 이르렀어요. 캐시가 안으로 들어가자, 저는 캐시가 린튼을 의자에 앉히고 바로 나오려니 하고 기다렸어요.

그런데 히스클리프가 저를 집 안으로 밀어 넣으며 소리쳤어요.

"넬리, 우리 집에 전염병이라도 퍼진 줄 아나? 오늘은 잘 대접하고 싶으니 앉게. 문을 닫아도 괜찮겠지?"

그러고는 문을 닫고 자물쇠로 잠가 버렸어요.

"차라도 한잔하고 가게. 캐서린, 린튼 옆에 앉아라. 네게 줄 것이 있으니까. 받을 만한 가치도 없는 것이긴 하지만, 달리 줄 것이 없구나. 나는 묘하게도 나를 두려워하는 사람에게는 포악한 감정이 일어나거든. 제기랄, 밉살스러운 것들!"

"난 당신 같은 사람, 절대 무섭지 않아요! 그 열쇠 이리 주세요!"

분노에 차서 외치는 캐시를 보며, 히스클리프는 캐서린 마님을 떠올리는 듯했어요.

"자, 캐서린 린튼. 저쪽으로 가 있어. 말을 듣지 않으면 가만

214

두지 않겠어."

캐시는 그의 경고에도 아랑곳하지 않고 있는 힘을 다해서 히스클리프의 손에 있는 열쇠를 뺏으려고 하다가, 힘에 부치자 이로 세게 물어뜯었어요. 그러자 히스클리프가 화를 내면서 캐시의 뺨을 후려갈겼지요.

저는 그의 악마적인 폭행을 보고 마구 소리쳤어요.

"이 악당! 이 악마 같은 놈아!"

그러나 저도 가슴을 한 대 얻어맞는 바람에 더 대항할 수가 없었어요.

히스클리프는 우리 모두가 정신이 나간 것처럼 멍하니 있는 것을 보고, 서둘러 차를 준비하더니 이렇게 말했어요.

"화를 풀고 말썽꾸러기 아가씨와 우리 아들에게 차를 따라주게. 내가 만든 차지만, 독약을 타진 않았네. 나는 나가서 자네들의 말을 찾아봐야겠네."

그가 밖으로 나가자, 저는 어떻게 해서든지 그곳을 빠져나가야겠다는 생각을 했어요.

그런데 린튼은 위험이 사라져서인지, 매우 차분해 보였어요. 그래서 저는 그가 우리를 꾀어 집으로 데려오지 못하면 혼내 준다는 협박을 받지 않았을까 하고 짐작했어요. 그리고 계획대로 일이 잘되었으니, 우선은 두려움이 사라진 것이라는 생각이 들

더군요.

린튼이 차를 몇 모금 마시고 나서 말을 시작했어요.

"아버지는 우리가 결혼하기를 원하고 계셔. 하지만 외삼촌이 반대하신다는 것을 알고 계셔. 기다리다가는 내가 먼저 죽어 버릴 것 같기 때문에, 내일 아침에 우리를 결혼시키려는 거야. 그러니까 너는 오늘 밤 여기 있어야 해. 네가 우리 아버지가 원하는 대로 하면, 내일은 집으로 돌아갈 수 있을 거야. 나와 함께 말이야."

"도련님도 함께 가신다고요? 그리고 도련님과 아가씨가 결혼을 하신다고요? 그런 말도 되지 않는 소리는 집어치워요! 도련님께 속은 것을 생각하면 실컷 패 주고 싶단 말이에요."

저는 말도 안 된다는 듯이 외쳤어요.

"오늘 밤에 집에 못 간다고? 안 돼! 넬리, 난 저 문에 불을 지르고서라도 나가고 말 테야."

캐시가 그만하라고 저를 말리면서 단호하게 말했어요.

"나랑 결혼해서 나를 살려 주지 않을래? 나를 드러시크로스 저택으로 데려가 줘. 사랑하는 캐서린! 나를 버리고 가지 마. 제발 부탁이야. 우리 아버지 말씀대로 해야 해."

"난 우리 아버지 말씀에 따라야 해. 이런 일로 아버지를 걱정시켜 드리고 싶지 않단 말이야. 아버지가 걱정하실 텐데…….

오늘 밤에 집에 가야만 해! 만약 네가 나를 방해한다면, 너를 용서하지 않을 거야. 린튼, 나는 너보다 우리 아버지를 더 사랑하니까!"

히스클리프의 노여움에 대한 지독한 공포심 때문에 겁쟁이 린튼은 다시 비겁한 변명을 늘어놓기 시작했어요.

그러는 동안 히스클리프가 돌아왔어요.

"말은 달아나 버렸더군. 그런데 린튼, 너 또 짜는 거냐? 자, 그만하고 가서 자거라. 한두 달이 지나면 지금 받은 모욕에 대한 대가를 되돌려 줄 수 있을 거다. 너는 순결한 사랑을 갈망하지? 너를 캐서린과 결혼시키고 말 테니 걱정 마. 그리고 이번엔 너도 제법 잘했다. 나머지 일은 내가 알아서 처리하지."

히스클리프는 린튼을 방에서 내보낸 다음, 다시 자물쇠로 문을 잠갔어요.

히스클리프가 저와 캐시가 묵묵히 서 있는 난롯가로 다가오자, 캐시는 본능적으로 손을 자신의 뺨에 갖다 댔어요. 히스클리프에게 맞았던 느낌이 되살아난 모양이었어요.

"참! 너는 내가 안 무섭다고 했지? 그런데 그 용기는 어디로 숨어 버린 거냐? 지금은 무서워하는 것 같은데."

"지금은…… 무서워요. 오늘 밤 제가 집에 돌아가지 않으면 아버지가 많이 걱정하실 거예요. 저희를 보내 주세요. 린튼과 결혼할게요. 아버지도 승낙하실 테고요. 저는 그를 사랑하니까요. 가만히 있어도 제가 자진해서 할 일을 왜 강요하시는 거죠?"

캐시가 또박또박 말했고, 저도 한마디 거들었어요.

"말도 안 돼요. 강제로 결혼을 시키다니요. 교회의 승인 없이 강제로 결혼을 시키는 것은 중죄예요."

"닥쳐! 입 좀 다물어. 자네의 생각 따위는 필요 없어. 네 아버지가 걱정할 생각을 하니, 매우 기분이 좋아지는구나. 앞으로 스물네 시간 동안 너를 우리 집에 가둬 두기에 더할 수 없이 좋은 핑계야! 린튼과 결혼하기로 약속한다고 했는데, 그 약속을 꼭 지키도록 내가 도와주지. 약속을 이행할 때까지는 절대 이 집에서 나갈 수 없어."

"그럼 넬리를 보내서 제가 무사하다는 것을 아버지께 전하게 해 주세요. 그것도 안 된다면, 차라리 지금 당장 결혼시켜 주세요. 가엾은 아버지!"

캐시가 통사정을 했지만 히스클리프는 꼼짝도 하지 않았어요. 그러는 동안 날은 점점 어두워졌어요.

"자네들을 찾으러 드러시크로스 저택에서 하인을 보냈더군."

히스클리프가 빈정거리더니, 9시가 되자 우리를 부엌을 통해

질라의 방으로 올려 보냈어요. 그곳의 문도 모두 잠겨 있었기 때문에 캐시와 저는 완전히 갇혀 버리고 말았지요.

다음 날 아침, 7시가 되자 히스클리프가 와서 캐시가 일어났느냐고 묻더니, 캐시를 끌어내고는 얼른 문을 잠가 버렸어요. 제가 내보내 달라고 사정을 했지만 모르는 척하더군요.

두어 시간 뒤, 발소리가 들려왔어요.

"먹을 걸 갖고 왔으니, 문 좀 열어."

문을 열고 보니, 헤어튼이었어요.

그는 저를 본 척도 않고, 하루 종일 먹고도 남을 만한 음식을 두고 돌아갔어요.

저는 닷새 동안 다락방에 갇혀 있었지요. 매일 아침에 한 번씩 음식을 들고 오는 헤어튼 외에는 아무도 만나지 못했어요.

그곳에 갇힌 지 닷새가 되는 날, 히스클리프는 저만 드러시크로스 저택으로 돌려보냈어요.

저는 저택으로 달려가면서 캐시를 구할 방법을 궁리했지요.

주인어른은 닷새 동안에 몰라보게 약해져서 희망이 없어 보였어요. 모든 것을 체념한 채 슬픔에 잠겨 죽음을 기다리고 있었지요.

"아가씨는 곧 돌아오실 거예요. 아가씨는 무사하세요. 기운 내세요."

저에게 자초지종 얘기를 들은 주인어른은 변호사를 불러 캐시를 구할 방법을 찾게 했어요. 그러나 모두 허탕이었지요. 캐시가 너무 아파서 방에서 나올 수 없더라고 하더군요.

하인들을 만난 히스클리프가 캐시와 만나는 것을 막았던 거지요.

저는 날이 밝는 대로 하인들과 함께 캐시를 데리러 가기로 결심했어요.

그런데 새벽 세 시쯤 캐시가 집으로 돌아왔어요. 도망칠 수 있도록 린튼이 도와주었다고 하더군요.

"넬리, 아버지는?"

"아가씨, 무사히 돌아오셨군요!"

"아버지는? 돌아가신 거 아니지?"

"그럼요. 살아 계시고말고요."

캐시는 숨을 헐떡거리며 주인어른 방으로 뛰어올라갔어요. 저는 부녀가 재회하는 모습을 도무지 볼 수가 없어 한참 동안 방문 밖에 서 있다 들어갔지요.

두 사람은 무척 침착했어요. 캐시의 절망도, 주인어른의 기쁨도 모두 고요했어요.

주인어른은 환희에 찬 눈을 들어 캐시의 얼굴을 지그시 바라보고 있었어요.

"먼저 어머니 곁으로 가마. 사랑하는 캐시, 너도 언젠가는 우리 곁으로 오게 될 거야."

간신히 말을 마친 주인어른은 조용히 숨을 거두었어요.

캐시는 너무 울어서 눈물이 말라 버렸는지 아니면 너무나 슬퍼서 눈물조차 흐르지 않았는지, 해가 뜨도록 눈물 한 방울 흘리지 않은 채 꼼짝하지 않고 그 자리에 앉아 있었어요.

그래도 다행인 것은 주인어른이 따님의 얼굴을 보고 세상일에 대한 걱정을 벗어 버린 채 평화롭게 세상을 떴다는 거지요.

히스클리프는 곧 변호사를 시켜 하인들을 모두 해고하고, 드러시크로스 저택을 자신의 재산으로 처리해 버렸어요. 그런 다음, 저택을 남에게 빌려 줄 계획이었던 거지요.

또한 주인어른을 캐서린 마님 옆에 묻지 말고 교회의 가족 묘지에 묻어야 한다고 주장했어요.

제가 그것은 유언에 위배되는 일이라고 강력하게 항의했지만 아무 소용이 없었어요.

장례식은 급히 치러졌고, 캐시는 주인어른의 장례가 끝난 뒤 며칠간만 드러시크로스 저택에 머물도록 허락을 받았어요.

캐시의 말에 따르면, 린튼이 캐시가 슬퍼하는 것을 보다 못

해 위험을 무릅쓰고 도망치는 것을 도와줬다고 하더군요. 하
지만 나중에 들으니, 린튼은 그 죄로 히스클리프에게 호되게
꾸중을 들었다고 합니다.

저택의 새로운 주인

장례식을 치르고 며칠 뒤, 저는 캐시와 같이 서재에 앉아서 주인어른을 회상하며 어두운 앞날에 대해 이런저런 생각을 하고 있었어요.

린튼이 살아 있는 동안만이라도 캐시가 계속해서 드러시크로스 저택에 사는 것이 허락된다면, 그것이 캐시를 위해서 가장 좋은 방법이라는 생각을 했지요.

그렇게 되면 제가 린튼을 캐시와 함께 잘 돌봐서 건강하게 만들 수 있을 것 같았어요. 그런데 그것은 너무나 단순한 생각이었던 거지요.

그때 히스클리프가 노크도 하지 않은 채 문을 벌컥 열고 들어왔어요. 이제는 이 집의 주인이 되었으니, 노크를 할 필요도 없다고 생각한 거였지요.

캐시는 히스클리프를 보고 도망치려 했지만 곧 붙잡히고 말았어요.

"넌 린튼의 아내야. 돌아갈 준비나 해! 이제는 그 녀석을 꾀어서 내 말을 거역하면 안 된다. 그리고 앞으로는 네가 그 녀석을 책임져야 한다. 그 녀석에 관한 일은 모두 너에게 일임할 테니까."

"왜 아가씨를 이곳에서 살도록 하지 않는 거죠? 도련님을 이곳으로 보내면 되잖아요. 당신은 두 분 모두 싫어하니까, 떨어져 산다 해도 그다지 섭섭하지 않을 텐데요."

"나는 이 집에 세 들 사람을 찾고 있다네. 사실은 나도 애들을 곁에 두고 싶어. 그리고 저 애도 제 밥값은 해야지. 린튼이 죽은 다음에도 나는 저 애를 빈둥빈둥 놀릴 생각이 없거든. 자, 캐서린. 어서 갈 준비를 해. 억지로 끌고 가게 하지 말고."

"알았어요. 린튼은 이 세상에서 내가 사랑해야 할 오직 한 사람이에요. 당신은 그가 나를 미워하고 내가 그를 미워하게 만들려고 애쓰지만, 아무리 그래도 우리 둘은 서로 미워하지 않을 거예요. 다시는 그에게 손찌검을 하거나 나를 때리기만 해 보세요! 가만있지 않을 테니."

"너야말로 얼마 안 있어 너 자신을 불쌍하게 여기게 될 거다. 어쨌든 더 지체하지 말고 가서 짐을 꾸려라."

캐시가 짐을 꾸리러 가자, 히스클리프는 벽에 걸려 있는 캐서린 마님의 초상화를 한참 동안 바라보며 말했어요.

"저건 내가 가져가야겠군. 필요해서는 아니지만……. 어제 린튼의 묘를 파던 참에 캐시의 관 뚜껑을 열어 보니 하나도 변하지 않았더군. 나는 죽으면 꼭 캐시 옆에 묻힐 거야. 캐시의 육체는 사라졌지만, 영혼은 항상 내 곁에 있어."

"당신은 정말 무서운 사람이군요. 히스클리프 씨, 죽은 사람까지 괴롭히는 것이 부끄럽지 않으세요?"

"나는 아무도 괴롭히지 않았네. 다만 나 자신에게 안정을 주었을 뿐이지. 천만에! 18년 동안이나 그녀는 나를 괴롭혔지. 마침내 어젯밤 나는 안정을 찾았네. 심장이 멎은 채 싸늘한 내 볼을 그녀의 볼에 맞대고 그녀 곁에서 마지막으로 자는 꿈을 꾸었다네."

"만약 마님이 흙이 되거나 더 흉측한 무언가가 된다면, 그땐 무슨 꿈을 꾸실 건가요?"

"그녀와 같이 흙이 되어 더욱 행복해지는 꿈을 꾸겠지. 내가 그런 걸 두려워할 줄 아나?"

잠시 뒤, 캐시가 들어와서 망아지에 안장만 얹으면 준비가 다

된다고 알렸어요.

그러자 히스클리프는 초상화를 다시 한 번 쳐다보며 말했어요.

"넬리, 저것은 내일 보내 주게. 캐서린, 망아지는 놔둬도 돼. 워더링 하이츠에 가면 망아지는 필요 없을 거야. 어디든 걸어서 다니면 되지."

"잘 있어, 넬리. 잊지 말고, 놀러 와."

캐시가 저에게 속삭이듯 말하며 키스를 했어요. 캐시의 입술이 얼음처럼 차갑더군요.

"그런 일은 되도록 없었으면 좋겠네. 자네에게 할 말이 있으면 내가 이리로 오겠네. 자네가 워더링 하이츠에 오는 것을 원치 않네."

히스클리프는 캐시에게 앞장서라고 손짓했어요. 캐시는 자기 가슴을 찢는 듯한 표정을 지으며 그의 말을 따르더군요.

그 뒤 워더링 하이츠에 딱 한 번 갔는데, 캐시를 만나지는 못했어요. 조지프가 문을 막고 들여보내 주지 않았거든요.

질라가 그 집안 사정을 조금이라도 일러 주지 않았다면, 누가 죽었는지 살았는지조차 모를 뻔했어요.

그런데 질라는 캐시를 좋아하지 않는 눈치였어요. 조지프와 헤어튼도 캐시에게 등을 돌리고 있는 것 같았고요.

그런 삭막한 곳에서 린튼의 병간호를 도맡아 하고 있을 캐시가 너무나 가여웠어요.

히스클리프는 린튼의 상태가 나빠도 의사를 부르지 않는다고 하더군요. 드로시크로스 저택을 손에 넣었으니, 그럴 필요가 없다고 생각한 거였겠지요.

어느 날 밤, 캐시가 질라에게 와서 이렇게 말을 하더래요.

"히스클리프 씨한테 린튼이 곧 죽을 것 같다고 알려 줘요. 이번에는 분명히 죽을 것 같아. 빨리 일어나서 그렇게 말하란 말이야."

캐시는 이렇게 말하고 다시 사라졌고, 집 안은 한동안 쥐 죽은 듯 조용했대요.

그러고 나서 얼마 동안 시간이 지났는데, 이번에는 늘 몸이 아픈 린튼을 위해서 마련해 둔 종소리가 요란하게 들리더래요.

히스클리프가 나와 무슨 일인지 알아보라고 해서 린튼의 방으로 갔더니, 캐시가 두 손을 무릎 위에 얹은 채 침대 옆에 앉아 있더래요.

히스클리프가 린튼의 얼굴에 촛불을 비춘 뒤, 손을 가슴에 대보고 나서 이렇게 말하더래요.

"캐서린, 기분이 어떠냐?"

"린튼은 편안한 곳으로 갔고, 전 자유로워졌어요. 하지만 당신은 저 홀로 죽음과 싸우도록 내버려 두었기 때문에 마치 저도 죽은 것 같아요."

그렇게 말하는 캐시는 정말 죽은 사람처럼 보이더래요.

종소리에 놀란 사람들이 방으로 들어왔는데, 조지프는 린튼의 죽음을 기뻐하는 눈치였고 헤어튼은 다소 염려스러워하는 것 같더래요.

히스클리프가 린튼의 시신을 자기 방으로 옮기라고 해서, 결국 캐시만 그 방에 남게 되었다고 하더군요.

질라의 말로는, 캐시는 그 뒤 2주 동안이나 꼼짝 않고 침대에 누워 있었대요.

한번은 히스클리프가 캐시 방에 들어와 린튼의 유언장을 보여 주었는데, 린튼이 자신의 전 재산과 캐시의 재산 전부를 히스클리프에게 넘겨 버렸다고 하더군요.

그 가여운 린튼은 캐시가 일주일쯤 집을 비운 동안, 히스클리프가 위협하고 달래는 바람에 그렇게 할 수밖에 없었던 거지요.

히스클리프는 자신의 아내였던 이사벨라의 재산에도 자신의 권리를 주장하여 토지의 소유권까지 합법적으로 획득했던 모양이에요.

그리하여 캐시는 돈도 없고, 도와줄 사람도 없는 불쌍한 신세가 되고 말았지요. 시아버지인 히스클리프의 처사를 막을 수가 없었던 거지요.

평화를 찾은 워더링 하이츠

넬리의 이야기는 여기까지였다.

의사가 예측했던 것과는 달리 나의 건강은 빠르게 회복되었다.

나는 집주인에게 앞으로 여섯 달 정도는 런던에서 보낼 계획이라고 말하고, 만약 그가 원한다면 10월 이후에 세 들 사람을 물색해도 좋다고 할 작정이었다.

이 이야기를 들은 뒤, 도저히 이곳에서 겨울을 지낼 기분이 들지 않았기 때문이다.

나는 워더링 하이츠로 향했다. 넬리는 캐시에게 편지를 전해 달라고 부탁했다.

그곳에 도착하자, 지난번처럼 헤어튼이 문을 열어 주었다. 안에 들어가 보니 캐시는 점심을 준비하는 듯했다. 내가 머리 숙여 인사를 해도 그녀는 외면했다.

'저 여자는 넬리가 말하는 것보다 사랑스럽지는 않군. 미인인 것은 분명하지만 천사는 아냐.'

나는 헤어튼이 눈치채지 않게 슬쩍 편지를 전해 주려고 했다.

"드러시크로스 저택의 넬리가 보내는 거요."

그녀는 처음에는 날 경계하더니, 넬리라는 말에 금방 태도가 바뀌었다.

캐시는 편지를 읽고는, 드러시크로스 저택의 형편을 물었다.

"넬리에게 전해 주세요. 히스클리프 씨가 모두 불태워 버려서 답장 쓸 종이가 없다고. 그리고 헤어튼, 당신도 책을 숨겼죠? 자신이 글을 못 읽으니까 남도 못 읽게 하려고 말이에요."

헤어튼의 얼굴이 붉어졌다.

헤어튼은 모욕감을 느꼈는지 화를 내며 뛰쳐나갔는데, 그때 히스클리프와 마주쳤다.

"저 녀석의 얼굴에서 제 아비의 얼굴을 찾으려고 하는데, 날이 갈수록 제 고모인 캐서린의 모습을 떠오르게 해. 저 녀석의 얼굴을 보는 건 너무 고통스러워."

히스클리프는 전에 만났을 때보다 말라 보였다.

"록우드 씨, 다시 바깥출입을 하게 되었으니 다행이군요."

나는 인사를 한 다음, 집을 비우겠다고 용건을 말하고는 함께 점심 식사를 했다.

캐시가 나이프와 포크를 쟁반에 받쳐 들고 오자, 히스클리프가 조그만 소리로 말했다.

"너는 조지프와 같이 먹도록 해라! 그리고 손님이 가실 때까지 부엌에 있도록 해."

그녀는 시아버지의 말에 순순히 복종했다. 아마 명령을 거역하고 싶은 유혹조차 느끼지 않는 것 같았다.

한쪽에는 침울하고 무뚝뚝한 히스클리프, 다른 한쪽에는 전혀 말이 없는 헤어튼과 같이 별로 유쾌하지 않은 식사를 하고 일찌감치 작별을 고했다.

나는 캐시를 한 번 더 보기 위해 뒷문으로 나가고 싶었으나, 히스클리프가 헤어튼에게 내 말을 끌고 오라고 한 다음 직접 문까지 배웅해 주는 바람에 뜻대로 할 수가 없었다.

'저런 곳에서 살면 얼마나 삭막할까!'

나는 말을 타고 돌아오면서 생각했다.

'만약 착한 넬리가 바라는 것처럼, 린튼 히스클리프의 미망인과 내가 우연히 사랑에 빠져서 손을 맞잡고 도시의 복잡한 분위기 속으로 옮겨 가 산다면, 그녀에게는 동화보다도 더 낭만적인 꿈이 이루어지는 셈이겠지.'

1802년 9월, 친구에게서 사냥하러 오라는 초대를 받아 가는 길에 기머튼 근처를 지나게 되었다. 나는 문득 드러시크로스 저택을 방문해 보고 싶었다.

저녁 무렵, 저택에 도착한 나는 조심스럽게 문을 두드렸다. 그곳에는 날 반겨줄 줄 알았던 넬리가 없었다. 그곳 사람들에게 넬리가 워더링 하이츠로 갔다는 이야기를 듣고, 나는 곧장 그곳으로 향했다.

예전처럼 그곳은 문이 굳게 닫혀 있지 않았다. 현관문도 열려 있었고, 난로에는 불이 활활 타오르고 있었다.

"콘트레얼리가 아니고 콘트러리라니까. 벌써 세 번째야."

"알았어, 콘트러리. 잘했으니까 빨리 키스해 줘."

"안 돼. 이 대목을 줄줄 읽기 전에는."

여 선생의 아름다운 목소리와 남학생의 굵은 목소리가 섞여서 흘러나왔다.

캐시와 헤어튼이었다. 캐시가 헤어튼에게 글자를 가르쳐 주고 있었던 것이다.

나는 부엌으로 향했다. 넬리는 부엌 입구에서 뜨개질을 하고 있었다.

"어머, 록우드 씨."

넬리가 나를 발견하곤 벌떡 일어나며 반갑게 맞아 주었다.

"언제 이곳으로 온 거요?"

"질라가 그만두고, 선생님이 런던으로 떠나시자 히스클리프 씨가 이곳으로 오라고 했지요. 당신이 다시 오실 때까지만 이곳에 있어 달라고 하셨어요. 그런데 지금 기머튼에서 오셨나요?"

"그렇죠. 주인을 만나, 못 준 집세를 지불하려고 왔소. 또다시 여기에 올 기회가 없을 것 같아서 말이오."

"그거라면 마님과 얘기하세요."

"마님이라니?"

"어머, 아직 히스클리프 씨가 돌아가신 것을 모르고 계셨나요?"

"히스클리프 씨가 죽다니? 언제 그런 일이?"

"석 달 전에요. 하여튼 좀 앉으시고 모자를 제게 주세요. 전부 말씀드릴게요."

선생님이 떠나고 2주 뒤, 저는 이곳으로 돌아왔어요. 처음에는 캐시를 보면서 안타깝기도 하고 놀랍기만 했어요. 캐시가 상당히 많이 변했더라고요.

히스클리프는 캐시를 밖으로 나가지 못하게 했고, 제가 집안일로 바빴기 때문에 캐시는 혼자서 쓸쓸히 지낼 때가 많았지요.

더구나 캐시는 헤어튼을 게으름뱅이라느니 교양이 없다느니 하면서 놀리곤 했어요.

한번은 헤어튼이 혼자 공부를 하고 있었는데, 캐시가 그걸 보면서 기특하다고 웃었더니 헤어튼이 책을 난로에 던져 버렸대요. 헤어튼은 자존심이 무척 상했던 거죠.

캐시는 헤어튼이 늘 우울하고 의욕이 없는 것을 불쌍하게 여기는 것 같았어요. 그를 놀려서 모처럼 공부를 해 보려는 의욕을 꺾어 버린 것을 몹시 미안해 하면서, 자신이 입힌 상처를 치유해 주려고 갖은 지혜를 다 짜내더군요.

하루는 헤어튼이 사냥을 하다가 총을 잘못 쏘아 팔에 부상을 입었어요. 그래서 회복될 때까지 난로 곁에 있어야만 했지요. 그때 캐시가 헤어튼에게 다가가 말했어요.

"난 헤어튼을 좋은 사촌이라고 생각해요."

"저리 비켜!"

헤어튼이 신경질적으로 말하자, 캐시의 눈에서 금세 눈물이 뚝뚝 떨어졌어요.

"당신은 히스클리프 씨가 나를 미워하듯이, 아니 그보다 더 나를 미워하고 있어요."

"모르는 소리 하지 마! 내가 너를 싫어한다면, 왜 네 편을 들어서 히스클리프와 그렇게 다투었겠어? 네가 나를 비웃고 업신 여기는데도, 난……."

"당신이 내 편을 들어 준 줄은 몰랐어요. 나는 나 자신이 초라하다는 생각이 들어서 누구에게나 냉정하게 굴었던 거예요. 하지만 이제는 당신을 고맙게 생각해요. 그러니 용서해 주시면 좋겠어요. 친구가 되어 줄 거죠?"

헤어튼은 캐시를 용서해 주었고, 그날부터 두 사람은 가까워졌어요.

그리고 언제부턴가 사랑이 싹트기 시작했지요.

록우드 씨, 당신이 캐시의 마음을 사로잡는 것은 퍽 쉬운 일이었어요. 하지만 안 그러신 것이 다행이라고 생각합니다.

이제 무엇보다도 저의 가장 큰 소망은 그 두 사람이 결혼하는 것이랍니다. 그들의 결혼식 날, 저는 이 세상에 부러울 게 없을 것입니다.

한번은 캐시가 멋모르고 조지프의 구스베리 덩굴을 뽑아 버렸어요. 헤어튼은 자기가 잘못을 뒤집어쓰겠다며 캐시를 위로했지요.

아침 식사를 할 때 조지프가 집 안에서 함부로 행동하는 것을 더는 참을 수 없다고 투덜거리자, 히스클리프가 무슨 일이냐고 물었어요.

헤어튼이 자기가 구스베리 몇 그루를 뽑은 것을 가지고 그러는 거라고 대답했어요.

그러자 히스클리프는 뜰에 마음대로 손을 댄다며 화를 냈고, 캐시는 자기 땅과 헤어튼의 땅을 몽땅 뺏은 사람이 누구냐며 대들었어요.

그 말을 들은 히스클리프는 화를 내면서 캐시에게 나가라고 소리를 질렀지요.

그러나 캐시가 가만히 있질 않았어요.

"헤어튼의 땅과 돈도 다 빼앗았죠! 이제 헤어튼과 나는 친구가 되었어요. 그러니 당신에 대한 얘기를 전부 헤어튼에게 해 주겠어요."

히스클리프는 잠시 어이없다는 표정을 짓더니, 이윽고 형용할 수 없는 증오의 눈빛으로 며느리인 캐시를 노려보며 소리쳤어요.

"헤어튼이 너를 이 방에서 내쫓지 않는다면 내가 저 녀석을 지옥으로 보내 버릴 테다!"

"이제 헤어튼은 당신 말 따위는 듣지 않을 거야, 이 악당아! 그리고 헤어튼도 나만큼 당신을 미워하게 될걸."

"그만둬! 그만두라고! 캐서린, 그런 말을 하면 못 써. 그만 둬!"

헤어튼이 캐시를 나무랐어요.

제가 서둘러 캐시를 데리고 나오자, 헤어튼도 히스클리프를 남겨둔 채 쫓아왔어요.

히스클리프는 한마디 말도 하지 않고 식사를 대충 끝내고는 저녁때까지 돌아오지 않을 거라면서 나갔어요.

새로 친구가 된 두 사람은 히스클리프가 없는 동안 거실에 있었어요.

그때 캐시는 히스클리프가 돌아가신 헤어튼의 아버님에게 저지른 행패를 알려 주려 했는데, 헤어튼은 단호하게 캐시의 말을 듣지 않으려고 했어요. 헤어튼은 히스클리프에 대한 험담은 단 한마디도 듣고 싶지 않다면서, 그가 악마라 해도 상관없다고 하더군요. 그러면서 자기는 그의 편이니까 히스클리프에 대해서 욕을 하려면 오히려 전처럼 자기를 욕하는 것이 더 낫다고 했어요.

캐시는 헤어튼이 히스클리프의 명예를 자기 것처럼 소중하게 여긴다는 사실을 알았어요. 두 사람은 이성으로는 끊을 수 없는 강한 유대감, 즉 습관으로 형성된 사슬로 묶여 있어서 그들 사이를 떼어 놓으려고 하는 것은 잔인한 짓이라는 것도 깨달았지요.

그 뒤로 캐시는 헤어튼 앞에서 히스클리프에 대한 불평이나 반감을 삼가는 정도로 호의를 보였어요. 그리고 히스클리프와 헤어튼 사이를 갈라놓으려고 노력했던 것을 후회한다고 저에게 고백하더군요.

이런 사소한 불화가 사라지자, 두 사람은 선생과 학생이 되어 서로에게 최선을 다하면서 시간 가는 줄 모르고 즐겁게 공부를 했어요.

두 사람이 열심히 공부하는 사이에 히스클리프가 돌아왔는데, 현관문 소리를 듣지 못해 히스클리프가 들어온 것을 모르고 있었어요.

우리가 고개를 들었을 때, 그가 거실에 있는 우리 세 사람을 물끄러미 바라보고 서 있었지요.

그랬을 거예요.

제 생각에도 그보다 더 즐겁고 더 보기 좋은 광경은 없었으니까요. 그런 두 사람을 나무란다는 것은 참으로 수치스러운 노릇이지요.

그 며칠 뒤, 히스클리프가 제게 이상한 말을 했어요.

"넬리, 내가 이상해졌어. 넬리는 내가 미쳐 가고 있다고 생각하겠지? 이젠 내 마음을 누군가에게 털어놓고 싶어. 헤어튼은 옛날의 내 모습과 같아. 그리고 녀석은 캐시를 닮아서, 그녀를 떠오르게 해. 사실 무엇이든 그녀를 떠오르게 하지. 구름, 나무, 밤하늘, 지나가는 사람의 얼굴, 심지어 내 얼굴까지도 캐시를 떠오르게 해. 어느 곳을 봐도 그녀를 잃었다는 생각을 하게 되지. 끔찍해."

"어디 아프지는 않으세요?"

"아니, 아픈 데는 없네."

"그럼 죽게 될까 봐 두려우세요?"

"죽음이 두려우냐고? 천만에! 나는 죽음을 두려워하지도 않거니와, 죽을 것 같다는 생각도 안 하고, 또 죽고 싶지도 않아. 그런데 이젠 지겹구먼. 참으로 오랜 싸움이었지. 이제 그만 끝이 났으면 좋겠어."

그는 전에는 한 번도 그런 마음을 실토한 적이 없었고, 얼굴에도 나타낸 적이 없었어요. 그런데 그 말은 평소에 가졌던 그의 마음이었음이 확실했어요! 그 자신이 단언했으니까요.

하지만 평소의 태도로 보아, 누가 그의 속마음을 알았겠습니까. 록우드 씨, 당신도 그를 보았을 때 그의 속마음을 알아차리지 못하셨죠? 저는 지금도 그의 마음을 알 수가 없답니다.

그날 이후로 히스클리프는 식사 때 마주치는 것도 꺼리면서, 밤마다 캐서린 마님의 무덤 근처를 서성거리기 시작했어요.

"히스클리프 씨, 당신은 변하셨어요. 왜 그렇게 이상해졌는지 말씀 좀 해 보세요. 어젯밤에는 어딜 가셨죠? 쓸데없는 호기

심에서 묻는 게 아니라……."

"그거야말로 쓸데없는 호기심이군."

그는 웃으며 제 말을 가로막고는 무슨 말인지 모를 소리만 했어요.

"하지만 말해 주지. 어젯밤 나는 지옥의 문턱에까지 갔었네. 그런데 지금은 천국이 보이는 곳에 와 있어. 천국이 눈에 보인단 말일세. 자, 이젠 자네도 그만 나가는 게 좋겠어. 쓸데없는 참견만 하지 않으면 무서운 꼴을 보지 않아도 되고, 무서운 말을 듣지 않아도 될 테니까."

저는 전보다 더 착잡한 마음으로 방을 나왔어요.

하루는 히스클리프가 어둑어둑할 때 집을 나갔어요. 새벽녘에야 돌아와서, 종일 끙끙 앓아누웠지요.

저는 케네스 선생님을 불러왔지만 방문을 열어 주지 않았어요. 케네스 선생님은 어쩔 수 없이 그냥 되돌아갔지요.

이튿날 아침에는 폭우가 쏟아졌는데, 바깥을 살피러 나가 보니 히스클리프의 방 창문이 활짝 열려 있었어요. 비가 방 안으로 마구 들이치기에, 제가 그의 방 열쇠를 찾아 문을 열고 들어가 보았지요.

히스클리프는 누워 있었는데, 온몸이 비에 흠뻑 젖어 있더군요. 이불에서 빗물이 뚝뚝 떨어지는데도 꼼짝을 하지 않았어요.

히스클리프는 천장을 보고 반듯이 누워 있었어요. 그의 눈이 어찌나 날카롭고 사나운지 순간 소름이 끼치더군요. 그러나 입가에는 미소가 어려 있었어요.

저는 그가 죽었다고 생각하지 않았어요. 그러나 손을 만져 보니 그는 이미 죽어 있더군요.

온 마을 사람들이 수군거렸지만, 우리는 생전에 그가 바라던 대로 장례를 치렀지요.

헤어튼과 저 그리고 묘지기와 운구하는 여섯 사람이 장례식에 참석한 전부였어요.

운구한 인부 여섯이 구덩이에 관을 내려놓고 가 버리자, 우리만 남아서 관 위에 흙을 덮는 것을 지켜보았어요.

헤어튼은 하염없이 눈물을 흘리며 손수 푸른 떼를 떠다가 무덤 위를 덮었어요. 그래서 지금은 캐서린 마님 내외분의 무덤과 똑같이 그의 무덤에도 부드러운 잔디가 파랗게 덮여 있어요.

히스클리프의 영혼은 과연 편안히 잠들 수 있었을까요?

히스클리프의 유령을 보았다는 마을 사람이 한둘이 아니거든요.

이야기를 마친 넬리는 캐시가 드러시크로스 저택으로 이사를 가고 싶어 한다고 말했다. 그러면서 워더링 하이츠는 젊은

사람을 한 명 더 고용해서, 조지프가 지키게 될 것이라고 덧붙였다.

"그럼 이 집 주인은 히스클리프 유령인가?"

내 말에 넬리가 대답했다.

"돌아가신 이들이 모두 평화롭게 잠들었을 거라고 믿고 싶군요."

이제 그렇게 삭막하고 소란스러웠던 워더링 하이츠는 없었다. 모든 복수가 끝났고, 새로운 사랑으로 평화가 찾아온 것이었다.

이때 현관문이 열리더니, 산책 나갔던 캐시와 헤어튼이 돌아왔다. 두 사람은 매우 아름다웠고 행복해 보였다.

"저 두 사람은 무서울 게 없겠군."

나는 두 사람이 다가오는 것을 창문 너머로 바라보면서 말했다.

그러면서 넬리의 손에 정표로 돈 몇 푼을 쥐어 주고는, 나의 그런 실례를 나무라는 그녀의 말을 못 들은 척하며 젊은이들이 거실 문을 여는 것과 동시에 부엌으로 해서 빠져나왔다.

드러시크로스 저택으로 돌아오는 길에 무덤을 찾아보니, 벌판으로 통하는 언덕빼기에 있는 묘석 세 개가 눈에 들어왔다.

가운데 있는 것은 잿빛으로 히스 덤불이 반을 덮고 있었고, 에드거 린튼의 묘석은 돌 밑의 잔디와 이끼가 조화를 이뤄서 보기에 좋았다. 하지만 히스클리프의 무덤은 무척 적막해 보였다.

　나는 한참 동안 해맑은 하늘 밑의 무덤 주위를 서성거리면서 히스와 초롱꽃 사이를 날아다니는 나방들을 바라보았고, 풀잎을 스치고 지나가는 잔잔한 바람 소리에 귀를 기울였다.

　그러면서 '이렇게 고요한 대지에 묻히고도, 편히 잠들지 못한 사람이 있을 거라고 어느 누가 상상이나 하겠는가.'라고 생각했다.

작품에 대하여

폭풍의 언덕

◆ **작품 소개**

　　에밀리 브론테의 장편 소설

1847년 발표. 황량한 자연을 배경으로 거칠고 악마적이라고 할 만큼 격렬한 인간의 애증을 강력한 필치로 묘사한 이 소설은 작자가 가명으로 발표한 당시에는 완전히 묵살되고 비난까지 받았다. 그러나 오늘날, 인간의 정열을 극한까지 추구한 고도의 예술 작품으로 높이 평가받고 있다. 이 소설에서는 역경 속에서도 꾸준히 싹트는 진실한 사랑, 세속적 조건 때문에 생기는 심적 갈등과 증오, 연인을 빼앗긴 한 인간의 분노와 복수, 이 모든 것들이 에밀리 브론테의 독특하고 번쩍이는 작가적 재능으로 격렬하게 묘사되어 있다. 세속적 조건을 무시하고 영혼에 바탕을 둔 순수한 사랑이 얼마나 강렬한 것인지, 또 물질적 조건에 기초를 둔 세속적 사랑이 얼마나 어리석은 결과를 초래하는지 이 소설은 보여 준다. 그러나 작가는 히스클리프의 잔인성과 비인간적인 행위를 나무라거나 저주하지 않고, 무한히 저주하고 증오할 수 있는 사람이야말로 무한히 사랑할 수 있고 또 그 사랑은 영원하다는 것을 보여 주었다. 이것이 이 작품의 주된 요소 중의 하나인 작가의 끝없는 포용력이며 인간애의 동정이다.

◆ 줄거리

황량한 산지에 외딴 저택 '워더링 하이츠(폭풍의 언덕)'가 있다. 저택의 주인 언쇼 부부는 아들 힌들리와 딸 캐서린과 살고 있다. 언쇼는 어느 날 기아(棄兒)를 데려다 히스클리프라 이름 짓고 자식처럼 키운다. 세월이 흘러 언쇼가 죽자 히스클리프는 힌들리에게 심한 학대를 받는다. 그래서 히스클리프는 사납고 거친 젊은이로 성장하는데, 자신에게 연민을 느끼는 캐서린과 서로 사랑하게 된다. 그러나 캐서린이 무지하고 천박하다는 이유로 자신을 버리고 얌전하고 부자인 린튼가의 아들 에드거와 결혼하려는 것을 알게 된 히스클리프는 격분하여 집을 나간다. 3년 뒤, 복수를 결심한 히스클리프는 부유하고 의젓한 신사가 되어 워더링 하이츠로 돌아온다. 언쇼가와 린튼가를 모두 파멸시키려고 계획한 히스클리프는 먼저 힌들리의 아들 헤어튼을 학대하고, 에드거의 누이동생 이자벨라와 결혼해 그녀를 교묘히 학대한다. 이자벨라는 학대를 견디다 못해 런던으로 달아나는데, 히스클리프의 아들 린튼을 낳고 죽는다. 한편 캐서린은 히스클리프와 에드거 사이에서 심한 갈등을 느끼다 정신 착란까지 일으키고, 결국 딸 캐시를 낳고 죽게 된다. 히스클리프는 마지막 복수심으로 병약한 자기 아들 린튼과 에드거의 딸 캐시를 강제로 결혼시키고 린튼가의 재산까지 자기 손에 넣는다. 그러나 그의 계획이 완성될 단계에서 그의 복수는 끝이 난다. 아들 린튼이 죽고 나서 며느리인 캐시와 힌들리의 아들 헤어튼이 사랑하는 사이가 되었을 뿐 아니라 히스클리프도 원수의 아들 헤어튼에게 애정을 느끼게 되었기 때문이다. 히스클리프는 무덤에서 자신을 부르는 캐서린의 환영에 번민하다 세상을 떠나고 캐서린의 묘 옆에 묻힌다.

◆ **등장인물 소개**

히스클리프_ 버려진 아이였지만 언쇼 씨에 의해 워더링 하이츠로 오게 된다. 언쇼 씨가 죽고 힌들리에게 갖은 학대를 받아 사납고 거친 남자로 자란다. 사랑하는 캐서린에게 버림받은 상처 때문에 증오와 복수로 가득 찬 일생을 살아간다.

캐서린_ 언쇼가의 딸로, 외모가 아름답지만 성격이 거만하고 고집스럽다. 히스클리프를 사랑하면서도 세속적 조건에 눈이 멀어 에드거 린튼과 결혼한다. 그러나 에드거와 히스클리프 사이에서 끊임없이 갈등하다 몸이 쇠약해지고 정신 착란까지 일으키게 된다. 결국 딸 캐시를 낳고 젊은 나이에 죽는다.

에드거_ 린튼가의 외아들로, 교양 있고 다정한 남자이다. 캐서린을 사랑해서 결혼에 성공하지만, 캐서린과 히스클리프의 사랑하는 마음을 알고 괴로워한다. 캐서린이 죽고 귀여운 딸 캐시에 의지해서 살아가지만 병으로 세상을 떠난다.

힌들리_ 언쇼가의 아들이며 캐서린의 오빠이다. 아버지가 자신보다 히스클리프를 더 사랑하는 데 반감을 품어서 히스클리프를 몹시 싫어하는데, 아버지가 돌아가시자 그를 하인 취급하고 학대한다. 아내에게는 몹시 다정한 남편이었는데, 아내가 죽자 성격이 포악해지고 방탕한 생활을 하게 된다. 결국 노름에 빠져 히스클리프에게 워더링 하이츠와 아들 헤어튼까지 빼앗긴다.

이사벨라_ 린튼가의 딸로, 돈 많은 신사가 되어 돌아온 히스클리프에게 호감을 느낀다. 집안의 반대를 무릅쓰고 도망가서 히스클리프와 결혼하지만, 히스클리프에게 학대를 받는다. 불행한 결혼 생활을 견디다 못해 런던으로 도망치고, 혼자 아들 린튼을 낳아 기르다 죽는다.

캐서린 린튼(캐시)_ 에드거 린튼과 캐서린 언쇼의 딸로, 외모가 아름답고 성격이 다정다감하다. 복수심에 불타는 히스클리프의 계략에 빠져 병약한 린튼과 결혼하게 되는데, 남편인 린튼이 죽고 힌들리의 아들인 헤어튼과 사랑에 빠진다.

린튼 히스클리프_ 히스클리프와 이사벨라 사이에서 태어난 아들이다. 어릴 때부터 병약해서 성격이 신경질적이다. 히스클리프의 계획대로 캐시와 결혼하지만 일찍 죽는다.

헤어튼 언쇼_ 힌들리의 아들로 언쇼가의 마지막 후계자이다. 히스클리프에게 구박받으며 자라지만 그를 따르고 존경한다. 린튼이 죽은 뒤 캐시와 사랑하는 사이가 된다.

넬리_ 어머니가 힌들리의 유모여서 힌들리와 한 젖을 먹고 남매처럼 자란 하녀이다. 언쇼가와 린튼가, 두 집안을 2대에 걸쳐 돌보게 된다. 린튼가의 저택인 드러시크로스에 세 든 록우드에게 두 집안의 내력을 들려주는 역할을 한다.

◆ 들어가기

세계 문학사를 들여다보면 오직 한 작품으로 작가로서의 명성을 얻고 있는 사람이 더러 있다. 가령 《독일인의 사랑》을 쓴 19세기 독일 작가 막스 뮐러가 그러하다. 비교적 최근에는 《앵무새 죽이기》를 출간한 미국 작가 하퍼 리가 그러하고, 대중문학이라는 꼬리표가 늘 붙어 다니지만 역시 미국 작가 마거릿 미첼의 《바람과 함께 사라지다》도 그러하다.

백여 년 전으로 거슬러 올라가보면 《폭풍의 언덕》(1947)을 쓴 19세기 영국의 여성 작가 에밀리 브론테를 만나게 된다. 이 소설은 브론테의 단 하나밖에 없는 유일한 작품이다. 서른 살의 젊은 나이에 요절한 탓도 있지만 그녀가 이 세상에 남긴 것은 이 단 한 편의 소설과 완성되지 않은 190여 편의 시에 지나지 않는다. 그런데도 그녀가 문학사에서 불후의 문학적 명성을 얻게 된 것은 바로 《폭풍의 언덕》에서 보여 준 빛나는 감수성과

시적이고 강렬한 필치 때문이다. 백 년이 지난 오늘날 비평가들은 그 비극성이나 시적 특성 때문에 이 소설을 윌리엄 셰익스피어의 《리어왕》이나 허먼 멜빌의 《백경》과 곧잘 견주곤 한다.

에밀리 브론테의 《폭풍의 언덕》은 시대에 역행하는 이단적인 작품이다. 다시 말해서 이 작품은 처음 출간된 19세기 중엽의 시대정신이나 지적 풍토에는 걸맞지 않았다. 이 무렵 영국에서는 빅토리아 여왕이 재임하던 시절로 산업혁명과 그에 따른 경제 발전이 성숙기에 도달하여 그야말로 대영제국은 절정기에 이르렀다. '대영제국에 해질 날이 없다'라는 말이 나온 것도 바로 이 무렵이었다. 그러나 도덕적으로나 윤리적으로는 그 어느 때보다도 까다롭고 엄격하였다. 그래서 '빅토리아적'이라고 하면 자칫 위선적이다 싶을 만큼 엄격한 도덕 기준에 따라 행동하는 태도를 말한다. 실리보다는 명분을 내세우는 동양의 유교 질서와 비슷하였다.

문학으로 좁혀 보면 빅토리아 시대에는 찰스 디킨스나 조지 엘리엇 같은 작가들이 활약하던 무렵으로 그들은 주로 권선징악적인 경향이 강한 소설을 많이 출간하였다. 이러한 기준에 비추어 볼 때 황량한 들판 위의 외딴 저택 '워더링 하이츠'를 중심 무대로 벌어지는 캐서린 언쇼와 히스클리프의 비극적인 사랑, 에드거 린튼과 이사벨을 향한 히스클리프의 증오와 잔인한 복수를 그린 에밀리 브론테의《폭풍의 언덕》은 이 당시의 시대정신에 그다지 걸맞지 않는 작품이었다. 이 작품에서 작가는 동료 인간에 대한 너그러운 이해나 관용보다는 복수, 이성적이고 합리적인 원만한 인간 관계보다는 격정적이고 비극적인 사랑을 다루기 때문이다.

그래서《폭풍의 언덕》이 처음 출간되어 나왔을 때 비평가들로부터 비도덕적이고 비윤리적이라는 이유로 적잖이 비난을 받았다. 가령 이 소설의 등장인물에 대하여 한 비평가는 '하나같이 흉측하고 음산하다'라고 혹평하였다. 심지어 에밀리의 언니 샬럿 브론테마저도 1850년에 출판된 소설의 서문에서 '어쭙잖은 작업장에서 간단한 연장으로 하찮은 재료를 다듬어 만든 작품'이라고 말하면서 동생의 작품에 이렇다 할 의미를 부여하지 않았다.

에밀리 브론테는《제인 에어》를 출간한 샬럿 브론테의 두 살 어린 동생이다. 또《애그니스 그레이》라는 소설을 출간한 앤 브론테보다는 두 살 위인 언니이다. 이처럼 브론테 세 자매는 보기 드물게 소설가로서 이름을 떨쳤다. 언니 샬롯의《제인 에어》와 비교해 보아도《폭풍의 언덕》은 사뭇 다르다. 언니의 작품이 조용한 미풍과 같은 작품이라면, 에밀리의 작품은 그야말로 폭풍이 휘몰아치는 격정적인 작품이다. 전자가 구체적인 현실에 뿌리를 두고 있다면, 후자는 현실을 초월한 경험을 다룬다. 또 샤럿의 소설이 이성과 합리성에 무게를 싣는 반면, 후자의 소설은 감정과 본능에 무게를 싣는다. 문학사의 관점에서 본다면 샤럿의 작품은 사실주의 전통에 속하고, 에밀리의 작품은 낭만주의 전통에 서 있다.

◆ 작품의 집필과 내용

아버지가 성공회 사제였던 가정환경 때문에 브론테 자매들은 사제관이 있던 영국 요크셔의 황량한 벌판에서 어린 시절을 보내면서 작가로서의 상상력을 키웠다. 샤럿 브론테가 기숙사 학교에 살면서 그 경험을 바탕으로 《제인 에어》를 썼다면, 에밀리는 어른이 된 뒤 요크셔 벌판에 위치한 '톱 위튼스'라는 폐가에서 영감을 얻어 《폭풍의 언덕》을 썼다. 비현실적이고 몽상적인 세계를 다룬다는 점에서 이 작품은 장르에서 고딕 소설로 규정지을 수 있다. 실제로 이 작품에서는 음산한 분위기를 배경으로 죽은 캐서린의 유령이 등장하는 등 현실을 초월한 사건이 일어나고 무덤을 파헤치는 등 광기적인 사건이 벌어진다.

언니 샤럿이 가명으로 《제인 에어》를 출간했듯이 에밀리도 《폭풍의 언덕》을 출간할 때 '엘리스 벨'이라는 가명을 사용하였다. 에밀리가 이렇게 가명을 사용한 것은 목사의 딸로 자못 비현실적이고 낭만적인 작품을 출간한다는 부담에서 벗어날 수 있을 뿐만 아니라 여성 작가의 작품이라는 편견에서 벗어나기 위해서였다. 아니나 다를까 처음 출간되었을 당시에는 그 음산한 힘과 등장인물들이 드러내는 악마적이고 야만적인 성격과 격정과 증오와 광기 같은 이상 심리를 다루기 때문에 반도덕적이라는 비난을 받았다.

요크셔 지방의 황야를 무대로 펼쳐지는 거칠고 악마적인 격정과 증오의 드라마인 《폭풍의 언덕》은 시골 언덕 위의 저택 '워더링 하이츠'에 들어와 살게 된 고아 히스클리프와 그 집 딸 캐서린 언쇼의 운명적이고 불운한 사랑, 그리고 그 사랑이 언쇼 가(家)와 린튼 가(家)에 몰고 온 비극을 다룬다. 두 집안을 파멸시킬 만큼 강렬한 애정과 증오와 격정에 못 이겨 히스클리프가 죽은 캐서린의 무덤 주변을 전전하는 섬뜩한 광기는 인간 상식의 영역에서 벗어나도 한참 벗어난다. 물론 비이성적이고 가공할 이 사랑은 가장 순수하고 아름다운 정념을 표현한 것이기도 하다.

이 작품에서 무엇보다 눈길을 끄는 것은 지리적 배경이다. 이 소설만큼 배경이 주제와 잘 맞아 떨어지는 작품도 그다지 많지 않다. 육체와 영혼을 불태운 주인공들의 증오와 사랑은 요크셔 지방의 황량한 원시적 자연과 적잖이 닮아 있다. '비바람이 몰아치는' 모습을 뜻하는 '워더링(wuthering)'이라는 형용사가 암시하듯이 이 황야에는 사납게 휘몰아치는 폭풍이 그칠 날이 없으며, 그 때문에 그 거센 북풍에 나무들이나 풀들이 모두 한쪽으로만 가지를 뻗고 자라기 마련이다. 이렇게 혹독하고 강한 폭풍 속에서 모든 것은 순수하고 청정할 수밖에 없다. 이러한 분위기에서 인위적인 것이라고는 아무리 눈을 씻고 찾아보아도 찾아볼 수가 없다. 눈을 보고 귀로 듣고 느낄 수 있는 것이고는 오직 강렬한 삶의 의지와 자연적이고 원초적인 본능뿐이다. 그러고 보니 '히스클리프'라는 주인공의 이름도 예사롭지 않다. '히스(황야)'와 '클리프(절벽)'라는 두 낱말을 결합하여 만들어 낸 것이다. 그의 심정은 아마 폭풍이 휘몰아치는 황야의 절벽에 매달린 듯한 느낌이었을 것이다.

◆ 작품의 중심 주제

《폭풍의 언덕》은 캐서린과 히스크리프의 격렬한 사랑을 다루기 때문에 자칫 낭만적인 사랑을 중심적인 주제로 생각하기 쉽다. 실제로 에밀리 브론테는 사랑을 이 작품의 중심에 놓고 있는 것이 사실이다. 그러나 이 두 주인공이 추구하는 것은 단순한 세속적인 사랑이 아니라 좀 더 높은 차원의 영적인 사랑이다. 지상의 사랑은 덧없이 사라지만 그들이 추구하는 영적인 사랑은 인간의 한계를 초월하고 이 세계를 넘어서는 영원불변한 것이다. 캐서린은 린튼에 대한 사랑을 계절에 빗대는 반면, 히스클리프에 대한 사랑을 바위에 빗댄다. 계절은 일 년에 네 번씩이 변하지만 바위는 좀처럼 변하는 법이 없다. 마침내 캐서린은 죽음을 통하여 이러한 상태에 도달하려고 한다.

이 작품의 중심 주제는 서로 대립되는 두 힘에서 삶의 원동력이 비롯한다는 사실이다. 이 소설의 두 지리적 배경인 언쇼 저택과 린튼 저택, '워더링 하이츠'와 '드러시크로스'는 단순히 사건이 전개되는 무대가 아니다. 한쪽은 언덕 위에 위치해 있고 다른 한쪽은 들판에 위치해 있다는 데에서도 엿볼 수 있듯이 서로 상반되는 두 가치의 충동이요 두 힘의 대립이다.

에밀리 브론테는 우주란 이렇게 서로 대립되고 상반되는 두 힘, 즉 폭풍과 평온으로 구성되어 있다고 생각한다. 두말할 나위 없이 언쇼 저택인 '워더링 하이츠'는 폭풍을 상징한다. 그 세계는 열정과 낭만과 심지어 악의 세계라고 할 수 있다. 한편 린튼 저택인 '드러시크로스'는 평온을 상징한다. 그 세계는 이성과 합리성과 선을 상징하는 세계이다. 이 두 세계 중에서 어느 하나만이 좋고 다른 쪽이 나쁘다고 판단하는 것은 옳지 않다.

삶이란 궁극적으로 '선인가 악인가?' 중에서 어느 한쪽을 선택하는 문제가 아니라, '선이며 악이요 악이면서 선'인 두 세계를 모두 받아들이는 것이다. 삶이란 개인과 사회, 정열과 의지, 결정론과 자유의지 사이에서 마치 광대가 줄타기를 하듯이 절묘하게 균형과 조화를 꾀하는 것이다. 현대의 문명인들은 합리적이고 세련되고 교양 있는 것처럼 보인다. 그러나 그들은 실제로 인간의 원시적 본능을 억압하고 있는 것이다.

그래서 정신분석학자 지그문트 프로이트는 문명한 나라에서 사는 사람일수록 삶에 대한 불만이 훨씬 많다고 지적한다. 문명인들은 교양이나 문화의 이름으로 그만큼 원시적 본능을 억압해야 하기 때문이다. 현대 독자들이 히스클리프에게서 더없이 큰 매력을 느끼는 것은 아마 억압되지 않은 인간의 본연의 모습을 지닌 인간이기 때문일 것이다. 지성이니 교양이니 하는 거추장스러운 문명의 옷을 훨훨 벗어버리고 원초적인 감정에 솔직한 히스클리프, 그는 어쩌면 적어도 마음속으로 현대 문명인이 갈구하는 모습일지 모른다.

◆ 이 작품의 형식적 특징
빅토리아 시대의 대표적인 작품인 《폭풍의 언덕》은 내용뿐만 아니라 그 형식에서도 눈을 끈다. 이 작품은 당시에 유행하던 전지적 서술자와는 달리 등장인물이 서술하는 형식을 취한다. 이 소설에서는 록우드 씨가 화자로 등장하여 가정부 넬리의 이야기를 전해 듣는 것으로 되어 있다. 과거의 사건을 목격한 넬리가 현재의 사건을 목격하는 록우드에게 자신의 회고담을 들려주는 형식으로 플롯을 진행한다. 겉에 드러난 이야기 속에 이야기가 있고, 그 이야기 속에 또 다른 이야기가 들어 있다. 이 작품은 액자(록우드와 넬리의 이야기) 속에 또 다른 액자(캐서린과 히스클리프의 이야기)가 들어 있는, 말하자면 '이중 액자 소설'이라고 할 수 있다.

이 소설은 두 집안의 역사를 삼대에 걸쳐 이야기하고 있기 때문에 에밀리 브론테는 한 작중인물이 다른 작중인물에게 이야기를 전달하도록 하는 방법이 가장 좋다고 생각했던 것 같다. 이방인이며 도시 출신인 록우드가 이 소설의 문을 활짝 열어젖히지만 막상 문 안에서 벌어지는 이야기는 넬리가 맡고 있는 셈이다.

더구나 에밀리 브론테는 이 소설에서 록우드와 넬리라는 두 인물을 통해 독자는 사건과 일정한 거리를 시종일관 유지할 수 있다. 다시 말해서 이러한 이중 구조 형식을 빌려 이성을 중시하는 빅토리아 시대의 정서와는 전혀 다른 분위기를 전달할 수 있는 데다 당시로서는 금기시되다시피 한 내용을 다룰 수 있었다.

만약 화자인 록우드를 단순히 이 소설의 화자가 아니라 이 작품의 주인공으로 본다면 《폭풍의 언덕》은 의사소통의 어려움이나 그 단절을 중심 주제로 다룬다고도 볼 수 있다. 록우드는 넬리의 이야기를 제대로 이해하지 못한다. 또한 넬리는 넬리대로 캐서린과 히스클리프의 비극적 사랑의 의미를 제대로 파악한다고 보기 어렵다. 결국 이 소설에 등장하는 작중인물이건 화자이건 자신의 아집과 편견 그리고 지식과 정보의 한계 때문에 어쩔 수 없이 동료 인간을 제대로 이해할 수 없다는 한계를 지닌다.

◆ 작가 소개

에밀리 브론테는 1818년 영국 요크셔 주의 손턴에서 영국 국교회 목사의 넷째 딸로 태어났다. 세 살 때 어머니를 여의고 잠시 자매들과 함께 기숙학교에 다녔지만 어린 시절의 대부분은 황량한 황야의 사제관에서 책을 읽거나 글을 쓰면서 보냈다. 1835년 언니 샬럿이 미스 울러 학교에 교사 자리를 구하자 에밀리는 학생으로 따라갔다가 고향에 대한 그리움을 이기지 못해 세 달 만에 돌아왔다. 1838년에는 에밀리 자신이 미스 패칫 학교에서 여섯 달 동안 교사 생활을 하였다.

그 뒤 샬럿과 에밀리는 가족들이 집에서 함께 지낼 수 있도록 호어스에 여학교를 열 계획을 세우고, 외국어와 학교 운영을 배우기 위해 1842년 2월 브뤼셀의 에제 기숙학교에 들어갔지만 10월에 이모가 사망하자 에밀리는 호어스로 아주 돌아왔다. 샬럿과 에밀리, 앤 세 자매는 1846년 필명을 써서《커러, 엘리스, 액턴벨의 시집》을 함께 펴냈다. 이 시집에는 에밀리의 시 21편이 실렸는데, 후대의 비평가들은 한결같이 에밀리에게서 참다운 시인으로서의 재능이 엿보인다고 평가하였다. 1847년《폭풍의 언덕》을 출간한 뒤 에밀리의 건강이 급속히 나빠지기 시작하여 결국 이듬해 12월 결핵으로 숨을 거두었다.